Prólogo

LORD Clayton cogió una de las pistolas de la caja con gesto torvo. Sin vacilar, Jeremiah tomó la otra. No dejó de notar que ambas eran armas magníficas, repujadas en oro y plata, con la culata finamente labrada. Lord Clayton cargó la suya. Jeremiah lo imitó. Se miraron a los ojos.

No había expresión en ellos. Ni odio, ni rabia, ni desafío, ni orgullo. Solo la insondable profundidad del cosmos.

—Quince pasos –dijo el juez, el único testigo del duelo que iba a tener lugar en aquella oscura calleja londinense. Se removió, inquieto. Había algo en aquellos dos hombres que no le inspiraba confianza.

Los dos alzaron las armas y dieron media vuelta. Por alguna razón, el juez se sintió algo mejor cuando perdieron el contacto visual.

—¡Uno! –exclamó.

Jeremiah avanzó un paso. Estaba solo a catorce del momento decisivo, pero su mente insistía en retroceder atrás en el tiempo, hasta lo que había sucedido en la subasta, apenas una hora antes. Siguió obedeciendo mecánicamente, como un autómata, las indicaciones del juez, mientras recordaba cómo se había desarrollado la puja por el más extraordinario objeto que jamás se hubiese visto en aquel salón.

—¡Dos!

Jeremiah había entrado en la sala justo cuando subastaban aquel cuadro de Botticelli y se había reunido allí con la persona que lo estaba esperando, una joven pelirroja de gesto preocupado. Los dos se habían quedado al fondo de la habitación, expectantes, sin llamar la atención; ella le había señalado en silencio la primera fila, donde se hallaba sentado lord Clayton, y después había salido al exterior, dejando el asunto en manos de Jeremiah.

El joven sabía que había llegado a tiempo, pero no por ello bajó la guardia. Podía sentir perfectamente la impaciencia de lord Clayton. Sabía lo que sucedería si se interponía entre aquel hombre y lo único que ansiaba en el mundo, pero no tenía otra opción.

—¡Tres!

Por fin el objeto había hecho su aparición sobre el mantel de terciopelo que cubría la mesa. Lord Clayton había tenido que contenerse para no saltar sobre él.

Era un reloj.

El legendario reloj de Madame Deveraux, una cortesana que había vivido en el París del siglo XVII y que había recibido aquel lujoso regalo de manos del

El hombre es el único ser en la naturaleza
que tiene conciencia de que morirá.
Aun sabiendo que todo ha de acabar,
hagamos de la vida una lucha
digna de un ser eterno.

PAULO COELHO, *Diario de un mago*

mismísimo rey de Francia. Aquel objeto era una joya: se trataba de un reloj de mesa caprichosamente labrado en oro y adornado con figuras de querubines que sostenían el sol, la luna y los planetas, y giraban con lentitud, ejecutando una pausada danza, en torno a la esfera, de manecillas de oro y cuajada de refulgentes piedras preciosas.

—¡Cuatro!

El reloj Deveraux no tenía precio, pero lo habían sacado a subasta aquel día. Desde su puesto al final de la sala, Jeremiah casi podía visualizar a lord Clayton frunciendo el ceño y clavando las uñas en los brazos de su asiento. Para todas las personas reunidas en aquella sala, el reloj Deveraux era una joya de incalculable valor. Para dos de ellas, en cambio, contenía un secreto que jamás había sido desvelado. Uno de los dos deseaba descubrirlo; el otro, ocultarlo.

—¡Cinco!

Los más poderosos pujaron por el reloj. Lord Clayton permaneció callado, en tensión, mientras las cifras ofrecidas por aquel extraordinario objeto se disparaban una y otra vez. Finalmente, cuando parecía que el reloj Deveraux iba a caer en manos de un nuevo rico que no lo encontraba bello, pero que deseaba demostrar que estaba a la altura de los nobles más encopetados, la voz de lord Clayton se alzó entre la multitud, fría y desafiante, ofreciendo por el reloj mucho más de lo que nadie estaba dispuesto a pagar.

Hubo murmullos en el salón. Todos conocían la inmensa fortuna de lord Clayton; sabían que podía comprar cualquier cosa que deseara. Tras un breve forcejeo verbal, el acaudalado burgués bajó la cabeza y reconoció su derrota: se veía incapaz de mejorar la oferta del noble.

—¡Seis!

El pequeño mazo estaba a punto de descender anunciando que el aristócrata era el nuevo propietario del reloj Deveraux, cuando Jeremiah se sintió obligado a intervenir. Se había ofrecido una auténtica fortuna por aquel objeto, pero Jeremiah y los suyos ya lo habían previsto, y disponían de un fondo nada desdeñable para rescatar el reloj de manos de lord Clayton.

Cuando la voz de Jeremiah resonó por la sala, doblando la oferta del noble, todos se volvieron hacia él. El joven sintió como si le hubiesen lanzado una puñalada desde la primera fila cuando lord Clayton clavó en él sus ojos como pozos sin fondo, pero sostuvo su mirada sin vacilar.

No era aquella la primera vez que se encontraban.

—¡Siete!

Lord Clayton habría debido suponer que Jeremiah o alguno de sus amigos tratarían de impedir que se hiciese con el reloj. Así había sido en otras ocasiones. Pero el reloj siempre había burlado a ambos bandos, desapareciendo y reapareciendo, comprado, vendido, regalado, robado por unos y por otros, pero nunca tocado por nadie que, como ellos dos, conociese su verdadero valor.

Había resurgido de nuevo, como un fantasma, en el catálogo de aquella subasta. Lord Clayton estaba allí. En esta ocasión, creía haber llegado antes que nadie, pero Jeremiah había frustrado de nuevo sus esperanzas.

—¡Ocho!

En los minutos sucesivos, el destino del reloj Deveraux pasó de unas manos a otras, mientras las cantidades ofrecidas por ambos se multiplicaban hasta extremos insospechados.

Finalmente, lord Clayton escupió una cifra que superaba todas las previsiones. En la sala reinó el silencio, y todos miraron a Jeremiah, esperando su reacción.

El muchacho frunció el ceño y apretó los labios, pero permaneció callado. El golpe seco del mazo entregó la propiedad del reloj Deveraux a lord Clayton.

—¡Nueve!

Los dos habían aguardado con impaciencia el final de la subasta; lord Clayton deseaba desaparecer cuanto antes con su nueva adquisición. Jeremiah esperaba poder interceptarlo a tiempo. Lord Clayton intuía lo que sucedería si los dos se encontraban, y quería evitarlo a toda costa.

Jeremiah fue rápido, y lo detuvo en el vestíbulo. "Quiero ese reloj", le había dicho. "Te desafío". En torno a lord Clayton se elevaron murmullos escandalizados. Todos habían reconocido en Jeremiah al jovenzuelo que había disputado el reloj al noble en la subasta, pero aquella manera de dirigirse a él era del todo inapropiada.

—¡Diez!

Sin embargo, lord Clayton había palidecido. "Conoces las reglas", añadió Jeremiah. "No puedes evitar un enfrentamiento conmigo".

Nadie entendió las palabras de Jeremiah, pero para lord Clayton debían de tener sentido, porque asintió, con rabia.

Jeremiah sintió que alguien le tocaba el brazo. Al volverse, vio junto a él a la joven pelirroja, que lo miraba como solo ella sabía hacerlo. "Ten cuidado", había dicho.

—¡Once!

Ella sabía que para llegar a aquel extremo Jeremiah había tomado una importante decisión. Las normas del Desafío no hablaban de formas; cualquiera era válida, sin importar las armas a emplear, el momento ni el lugar. Lo único que no podía variar eran las consecuencias del encuentro. Fuera quien fuese el vencedor, sabía que nunca más conocería un solo momento de paz.

—¡Doce!

Pero, si Jeremiah había dado aquel paso, lord Clayton no tenía más remedio que aceptarlo. Los dos eran conscientes de que lo que estaba en juego era mucho más que un simple reloj, mucho más que sus vidas o sus almas. Y no importaba quién de los dos hubiera ofrecido más dinero en la subasta. Ambos tenían otros métodos menos convencionales para alcanzar sus objetivos. Sin embargo, sus normas de actuación habían pasado siempre por la más absoluta discreción.

Por eso, tanto uno como otro se comportaban siempre con la mayor normalidad posible, para pasar desapercibidos, y por eso habían participado en la subasta por el reloj Deveraux. Aunque lord Clayton era demasiado especial como para no llamar la atención de alguna manera, estuviera donde estuviese.

—¡Trece!

El aristócrata eligió el duelo con pistolas. Sin embargo, y en contra de lo que dictaba la tradición, en esta ocasión no habría testigos ni padrinos, y el lugar de la cita se mantendría en secreto. Solo tres personas estarían presentes en la disputa por el reloj Deveraux: Jeremiah, lord Clayton y un juez que no conocía a ninguno de los dos, y del que se esperaba fuese imparcial.

—¡Catorce!

Jeremiah volvió a la realidad. Sus dedos se cerraron en torno a la pistola hasta que sus nudillos estuvieron blancos. Respiraba tranquilo, sin embargo. Debía mantener la cabeza fría. Tal vez solo dispusiera de unos minutos después de la detonación, unos minutos preciosos que no debía desaprovechar. Sentía también, a sus espaldas, la tensión de lord Clayton, casi treinta pasos más allá.

Y entonces la voz del juez se elevó sobre ellos:

—¡Quince!

Jeremiah dio media vuelta y disparó.

Sintió un violento dolor en el hombro cuando el tiro de lord Clayton le golpeó con toda la fuerza de su odio. Jeremiah retrocedió unos pasos y vio cómo el noble se desplomaba hacia atrás, con los ojos abiertos de par en par y una mancha carmesí floreciendo en su pecho.

El juez se santiguó. Junto a él, sobre un paño en el suelo, el reloj Deveraux relucía misteriosamente.

Ignorando el dolor, Jeremiah corrió hasta el objeto, lo envolvió en el paño y lo agarró con ambas manos.

—¡Un momento, muchacho! –trató de detenerlo el juez–. ¡Estáis herido!

Jeremiah no lo escuchó. Cargó con el reloj, apartó al hombre de un empujón y echó a correr callejón abajo.

—¡Eh! ¡Eh!

No hizo caso de los gritos del juez. Sabía que no disponía de mucho tiempo. Corrió desesperadamente, oprimiendo con fuerza el reloj Deveraux contra su pecho, en dirección al río. No se detuvo ni siquiera cuando los mástiles de los barcos aparecieron recortados contra el cielo al fondo de la calle, ni cuando una bofetada de aire húmedo le golpeó el rostro. No se detuvo hasta que se encontró a salvo a bordo del *Victoria*, el barco que habría de llevarlo a tierras lejanas, y no se sintió tranquilo hasta que los edificios de la ciudad no fueron más que sombras desfiguradas por la niebla que se alzaba desde el Támesis.

Entonces, y solo entonces, apartó la ropa para examinar la herida. Exhaló un profundo suspiro al comprobar que estaba completamente curada. Los restos de sangre seca manchaban una piel perfecta, sin un solo rasguño ni cicatriz, en el lugar donde el disparo de lord Clayton lo había golpeado.

Lejos de allí, en el callejón, el juez había cerrado piadosamente los ojos del muerto y se disponía a cubrir su cuerpo con una manta. Pese a que lord Clayton era un individuo misterioso que no inspiraba confianza a nadie, el hombre se santiguó por segunda vez ante su cuerpo. Iba a tapar su rostro con la manta cuando, de súbito, lord Clayton abrió los ojos y lo miró.

El juez retrocedió, tan aterrorizado que no pudo gritar.

Lord Clayton se incorporó. Se palpó la herida del pecho para comprobar que había sanado milagrosa y espontáneamente. Sin sorprenderse en absoluto por ello y sin prestar atención al horrorizado juez, que había retrocedido hasta la pared, lord Clayton miró a su alrededor en busca de Jeremiah y el reloj Deveraux.

No los encontró.

El resucitado emitió un aullido de odio y frustración que se alzó por encima de los tejados de Londres y se desparramó hacia los cielos neblinosos.

1

TRES figuras aguardaban bajo un sol de justicia frente al viejo caserón. Eran más de las cinco de la tarde, y a nadie en la Ciudad Antigua se le habría ocurrido abandonar la fresca sombra de sus casas, pero los tres visitantes eran obstinados, y ni siquiera aquel tórrido calor los habría hecho desistir de sus propósitos.

El hombre era robusto y colorado. Vestía una camisa que llevaba por fuera de los pantalones cortos. Sobre los calcetines blancos calzaba unas sandalias que se ajustaban a sus tobillos. Completaba su atuendo con una gorra de su equipo de béisbol favorito que llevaba ladeada sobre el cabello rubio y lacio, y pendía de su costado una cámara fotográfica de última generación.

La mujer era delgada, y se abanicaba para soportar mejor el calor. Vestía ropa ceñida de colores chillones y llevaba unas enormes gafas de sol. Cubría su espesa melena rizada, que llevaba suelta sobre los hombros, con una pamela blanca. Se agarraba a su bolso como si temiera que fuesen a robárselo en cualquier momento.

El muchacho destacaba bastante menos que la llamativa pareja. Tenía unos quince años y vestía vaqueros y una camiseta blanca. Una pequeña mochila oscilaba sobre su espalda. Era rubio, como su padre, pero delgado, y llevaba gafas, que constantemente debía limpiar, porque se le empañaban a causa del sudor.

En aquellos momentos, el hombre estaba examinando con el ceño fruncido un viejo folleto turístico.

—No lo entiendo –resopló finalmente, con su inglés de marcado acento de Texas–. Aquí lo dice bien claro: "Museo de los Relojes. Gratuito. Abierto todos los días, de 10:00 a.m. a 2:00 p.m., y de 5:00 p.m. a 7:00 p.m.". ¿Por qué está cerrada la puerta?

—Billy, querido –se quejó la mujer–. Hace mucho calor. No podemos quedarnos aquí parados toda la tarde.

El hombre gruñó algo y, por fin, alzó la aldaba para dejarla caer sobre la puerta. La llamada sonó más fuertemente de lo que ellos esperaban, y su eco retumbó con fiereza desde el interior de la casa, trayendo consigo una nota de soledad y abandono.

Los tres esperaron, sin embargo. El muchacho contemplaba el edificio con interés. El caserón era de piedra, seguramente muy antiguo. La puerta, de madera, con adornos de hierro, ajada por el tiempo, era enorme, y sobre ella se apreciaba un desgastado escudo de armas grabado en la piedra.

—Parece un palacio –comentó a media voz.

El hombre echó un vistazo y resopló desdeñosamente.

—No digas tonterías, Jonathan. ¿Quién querría vivir en esta antigualla?

Sacudió la cabeza, como para desechar tan absurda idea, mientras su esposa contemplaba horrorizada el edificio, imaginando lo espantosamente incómodo que sería habitar en él.

Jonathan suspiró, pero no dijo nada.

—Qué desconsideración... –protestó la mujer–. Hemos venido de tan lejos....

—Si no vemos el museo no pasa nada –apuntó Jonathan rápidamente–. Seguro que la catedral está abierta.

Por toda respuesta, su padre descargó de nuevo la aldaba sobre la puerta.

—¡Eh! –gritó–. ¿Hay alguien? ¡Abran la puerta! ¡Queremos ver el museo!

Silencio. Soltó la aldaba, contrariado, y miró a Jonathan.

—¿Por qué no pruebas tú a hablarles en su lengua?

—Déjalo, papá –respondió el chico, incómodo–. Estamos haciendo el ridículo.

—¿Ridículo? –exclamó su padre, ofendido–. ¿Nosotros?

Jonathan suspiró de nuevo. Su padre había hecho una nada desdeñable fortuna fabricando componentes para bicicletas, pero su nivel cultural era prácticamente nulo, y él nunca había hecho nada por mejorarlo. Jonathan recordaría toda la vida el escándalo que había armado al encargar los billetes para aquel viaje, porque había creído que el precio era abusivo... antes de enterarse de que España no estaba en Suramérica, como él pensaba, sino en Europa, al otro lado del océano.

Jonathan sabía que no estaba bien que se avergonzara de su padre, pero no podía evitarlo.

Tras la muerte de su esposa, Bill Hadley había hecho todo lo posible para que los deseos de ella con respecto a Jonathan, que entonces era todavía un bebé, se vieran cumplidos. Había invertido mucho dinero en una buena educación para el muchacho, convencido de que llegaría a ser un importante hombre de negocios. Pero Jonathan no estaba interesado en los asuntos terrenales. Él era un soñador. Le gustaba pasar el tiempo leyendo y evocando tierras lejanas que tal vez nunca llegaría a visitar.

La auténtica pasión de su vida, sin embargo, siempre había sido España.

Su padre tenía la esperanza de que con el tiempo sentaría la cabeza, pero no había podido resistir la tentación de sorprenderle con el mejor regalo de cumpleaños que Jonathan podría desear. En efecto, con motivo del decimosexto aniversario del chico, que tendría lugar en septiembre, Bill Hadley había decidido llevarlo a España durante las vacaciones de verano.

De modo que allí estaban los tres, Jonathan y su

padre, y Marjorie, su flamante nueva esposa; el muchacho apreciaba y agradecía el regalo de su padre, pero estaba empezando a pensar que tal vez habría sido preferible esperar unos cuantos años y emprender aquel viaje solo.

Bill Hadley lanzó una última mirada desdeñosa a aquella obstinada puerta y resopló de nuevo, dando la espalda al caserón.

—Mejor vámonos -dijo a su familia-. Este estúpido folleto debe de estar...

Un súbito chirrido que sonó tras él lo hizo callar. Los tres se volvieron, sorprendidos.

La puerta estaba abierta. Por la rendija asomaba un rostro viejo y apergaminado, en el cual parpadeaban unos ojillos tras unas gafas de media luna.

—¿Se puede saber por qué arman tanto escándalo? -protestó el hombrecillo con voz cascada-. ¡Esto es una propiedad privada!

Bill Hadley se había adelantado, con el folleto en la mano, pero el tono airado del viejo lo había hecho detenerse de nuevo. Por supuesto, no había entendido una sola palabra, pero había captado la intención.

—¿Qué ha dicho este viejo loco, Jonathan?

El muchacho se adelantó, azorado, limpiándose las gafas.

—Disculpe a mi padre, señor -dijo, en un español académico, aprendido en los libros-. Buscamos el Museo de los Relojes. ¿Podría indicarnos el camino?

La expresión del hombrecillo cambió. Miró a Jonathan con cierta cautela.

—Debe de haber un error.

—Sí, lo suponemos, pero si usted pudiera decirnos dónde...

—Esto es el Museo de los Relojes –explicó el viejo–. O, mejor dicho, "era". Cerramos hace siete años.

Jonathan se volvió hacia su padre y su madrastra para explicarles la situación, pero ellos no atendieron a razones.

—¡Aquí dice que el museo está abierto! –insistió Bill, agitando el folleto frente a las narices del viejo.

—Dejadlo estar –pidió Jonathan, incómodo.

—¿Por qué? Dile que hemos venido de muy lejos. De Texas. Te-xas. Díselo, Jon.

—Deja al chico, Bill –intervino Marjorie–. ¿No ves que lo estás avergonzando?

—¿Por qué? Solo estamos pidiendo explicaciones, nada más.

Jonathan suspiró con resignación.

—Mis padres insisten en que quieren ver el museo, si todavía hay relojes ahí dentro –le dijo al portero.

—Jovencito, no se trata de lo que quieran o no quieran –replicó el viejo con severidad–. Los relojes siguen aquí, pero la exposición fue clausurada. No sé quién les dijo que podían venir a verla, pero cometió un error. Buenas tardes.

Iba a cerrar la puerta, pero el pie de Bill se introdujo en el hueco y se lo impidió.

—Papá, déjalo ya. Dice que hace años que la exposición no está abierta el público.

—Lo que pasa es que tú eres un pardillo, hijo, y te toman el pelo siempre que quieren. ¿No ves que el único problema es que no quiere trabajar hoy?

—Bill, no te metas con el chico –lo defendió Marjorie–. Solo está intentando ser educado.

Jonathan le echó a su madrastra una mirada de agradecimiento. Marjorie no tenía muchas luces, era melindrosa y superficial, pero en el fondo no era mala persona, y siempre se había portado bien con él.

—¿Por qué estás siempre defendiéndolo? –protestó Bill, con la puerta todavía sujeta–. Así nunca conseguiré hacer de él un hombre de provecho.

El hombrecillo, ajeno a aquella discusión familiar, seguía con su pretensión de cerrar, aunque con escasos resultados. Jonathan no sabía cómo empezar a pedir disculpas por el comportamiento de su padre, que todavía renegaba de los españoles que intentaban engañar a los pobres turistas.

—Está bien –dijo entonces el viejo, agotado–. Ustedes lo han querido.

Abrió la puerta del todo, y Marjorie Hadley se apresuró a entrar a la sombra. Con un gruñido de satisfacción, Bill Hadley la siguió.

Jonathan se quedó un momento fuera, bajo el sol, inseguro. Pero su padre lo llamó desde dentro, y el muchacho no tuvo más remedio que entrar en el caserón, tras él.

Lo recibió un agradable ambiente fresco, pero apenas había luz, y sus ojos tuvieron que adaptarse a la penumbra. Se sobresaltó al ver dos puntos brillantes que lo observaban desde un rincón en sombras, pero casi enseguida oyó un débil maullido, y un esbelto gato negro cruzó ágilmente el corredor por delante de él. No tuvo tiempo de ver mucho más, porque enseguida oyó la voz del hombrecillo:

—Por aquí, por favor.

Y los tres lo siguieron por un largo y oscuro pasillo. Jonathan se apresuró a alcanzar al viejo, que iba en cabeza, y le oyó murmurar para sí mismo:

—Al marqués no le va a gustar...

—¿Un marqués? –preguntó Jonathan irreflexivamente; enseguida se arrepintió de haberlo dicho, porque el viejo se volvió hacia él, ceñudo, y el chico temió haber sido indiscreto.

—El dueño de este palacete es un marqués –confirmó el hombre, tras un breve silencio; se detuvo junto a una puerta y los invitó a pasar con un gesto–. La colección que van a tener la oportunidad de contemplar es el resultado de su extremado interés por la relojería. Interés que compartían sus antepasados, si me permiten la observación.

Bill Hadley estaba cansado de la charla de su guía, ya que no entendía ni una palabra de lo que decía. Impaciente, entró en la sala y miró a su alrededor.

Jonathan y su madrastra lo imitaron.

Lo que vieron y oyeron los dejó sobrecogidos.

Era una enorme sala alargada, de altos techos adornados por un bello artesonado de madera. Junto a las paredes, en diferentes estantes, vitrinas y hornacinas reposaban todos los relojes que pueda imaginarse: relojes de sol, relojes de arena, relojes de péndulo, relojes de cuco, relojes de pared, relojes de pie, relojes de mesa, relojes de bolsillo, relojes de pulsera, relojes de todas clases, formas y tamaños. Toda la habitación vibraba al son de varios centenares de tictacs que parecían componer una melodía misteriosa y fascinante.

—Adelante, pasen y vean –dijo el viejo lacónicamente–. Y, por favor, no toquen nada.

Jonathan no necesitó que se lo dijese dos veces. Se paró junto al primer grupo de relojes y los observó con detenimiento. Absolutamente todos daban la misma hora, la hora exacta, comprobó el chico, y no se veía una mota de polvo en ninguno de ellos.

Su padre también lo había notado.

—¿Qué te he dicho? –dijo, riendo entre dientes–. Los tienen todavía en exposición, o no se tomarían tantas molestias para cuidar un montón de chatarra.

Jonathan podría haberle dicho que tenía la sensibilidad de un bloque de hormigón armado, pero no se lo dijo. En su lugar, siguió paseando por el Museo de los Relojes.

Le sorprendió ver que, junto con piezas perfectamente reconocibles, había otros muchos artefactos que no había visto nunca y que, de habérselos encontrado en cualquier otro lugar, jamás habría adivinado que eran relojes. Los había de todas las épocas, estilos y procedencias, y todos ellos estaban extraordinariamente bien conservados.

Jonathan se detuvo ante un reloj de pared tallado en madera, porque sus dos puertecillas acababan de abrirse en aquel preciso instante. Una figurita que representaba a un leñador salió por una de ellas, mientras que un pequeño árbol avanzaba hacia él desde la otra abertura. Jonathan contempló, fascinado, cómo el árbol se detenía ante el leñador, que alzó su diminuta hacha sobre él.

El tiempo pareció congelarse mientras la figurilla descargaba el hacha, pero, cuando lo hizo, toda la sala se derrumbó sobre Jonathan y su familia.

El muchacho retrocedió, sobresaltado; le costó un poco darse cuenta de lo que estaba sucediendo, pero todos los relojes se lo decían a gritos, y Jonathan no pudo seguir ignorando por más tiempo el hecho de que eran las cinco y media.

El leñador había golpeado cinco veces el tronco del árbol y dos veces una de las ramas, acompañando cada hachazo por el tintineo de una campanilla, pero el sonido se perdió entre la algarabía que estaban produciendo en la sala cientos de relojes dando la hora a la vez, provocando un alegre y escandaloso concierto de campanadas, trompetillas, cucús y todos los sonidos imaginables.

Algo más tranquilo, Jonathan se volvió hacia sus padres, y vio que no había sido el único en asustarse ante aquel súbito coro de voces de reloj.

—Qué locura –se quejó Marjorie, pálida–. ¿Siempre es así?

—Suele serlo, señora mía –dijo en perfecto inglés

británico una voz serena, desde algún rincón en sombras–, dado que poseo más de seiscientos relojes, todos ellos funcionan perfectamente y están ajustados a la hora exacta.

Todos se volvieron, sobresaltados. Jonathan apreció una alta y oscura figura junto a la cortina. No lo había oído entrar.

—Se... señor marqués –tartamudeó el viejo–. Lo... lo siento mucho, los señores insistieron y...

—No te disculpes, Basilio –cortó el marqués, suavemente, y añadió, de nuevo en inglés–: Es una agradable sorpresa contar con visitantes en esta calurosa tarde de verano.

Avanzó hacia ellos y la luz que provenía de los ventanales iluminó su rostro. Era más joven de lo que Jonathan había supuesto. Sus facciones, de gesto enérgico y decidido, estaban enmarcadas por mechones desordenados de cabello negro, lo que acentuaba todavía más su palidez. Pero sus ojos eran penetrantes e inquisitivos, y parecían ligeramente burlones.

—Usted es el dueño de todo esto, ¿verdad? –preguntó Bill Hadley, aliviado por haber encontrado alguien que hablase su idioma, pero sin saber todavía si eran bienvenidos o no en la casa del marqués.

—Así es. Imagino que mi mayordomo les habrá comunicado que la exposición está cerrada.

—No es eso lo que dice aquí –protestó Bill, agitando el folleto turístico que los había llevado hasta el Museo de los Relojes.

Antes de que se diese cuenta, el marqués estaba

junto a él, y Bill cerró la boca. De cerca era mucho más alto de lo que le había parecido en un principio.

—¿Me permite? –dijo el marqués con suavidad, cogiendo el folleto–. Gracias. Ah –murmuró, después de echarle un breve vistazo–. Es uno de los antiguos. Mire, fue impreso hace diez años.

Se lo devolvió a Bill, y este se apresuró a comprobar que lo que decía era cierto.

—La chica que nos lo dio era nueva en la Oficina de Información Turística –intervino Jonathan–, y parecía bastante despistada. La verdad es que tardó un rato en encontrar lo que le pedíamos...

—Ahí lo tienen –dijo el marqués–. Pero, bueno, ya están ustedes aquí, de modo que no veo por qué no van a poder disfrutar del museo.

—Es una colección magnífica –comentó Marjorie, tratando de ser amable.

—Sí, lo es –suspiró el marqués–. Siento debilidad por los relojes. He dedicado toda mi vida a coleccionar relojes de todo tipo, de todas las épocas... y este es el resultado –dio una mirada circular, con un brillo de orgullo en sus ojos oscuros–. Algunas de estas piezas valen una auténtica fortuna, pero eso es lo de menos. Lo cierto es que me gustan los relojes en sí. Son artefactos que en principio solo pretenden medir el tiempo, pero que, de alguna manera, están tratando de atraparlo. Son la llamada desesperada de una humanidad que no desea morir. Tictac, tictac... en realidad, los relojes están diciendo: "Se te acaba el tiempo, se te acaba el tiempo...". Y, como tantos otros inventos humanos, este también se volvió contra su creador. Los relojes no han capturado el tiempo, pero sí han apresado al ser humano. ¿No me creen? –preguntó el marqués, al ver que Bill y Marjorie habían adoptado un gesto ligeramente escéptico; su burlona sonrisa se acentuó aún más–. Los tres llevan relojes de pulsera, y están de vacaciones... ¿Lo ven? Son prisioneros de los relojes. Ellos marcan el ritmo de sus vidas.

Bill hundió las manos en los bolsillos, pero no dijo nada.

—Pero no quiero aburrirles más –concluyó el marqués–. Sigan contemplando mi colección, si así lo desean. Cuando estaba abierta al público, cada reloj llevaba su correspondiente etiqueta explicativa. Las retiré cuando me obligaron a clausurar el museo, puesto que ya no eran necesarias: conozco de memoria la historia y características de cada pieza de mi colección. De modo que, si alguna de ellas suscita su interés, no duden en preguntarme; estaré encantado de atenderlos.

Dicho esto, saludó con una breve inclinación de cabeza y se reunió con Basilio, el mayordomo, junto a la puerta.

Jonathan dejó de prestarles atención, y siguió merodeando por el Museo de los Relojes. Paseó arriba y abajo, cada vez más sorprendido de que hubiese tantas clases diferentes de relojes que él no conocía. Le llamó la atención un cuadro que colgaba de la pared, y que representaba una escena de mercado en una plaza. Las manecillas del reloj de la torre del ayuntamiento se movían de verdad, y marcaban las seis menos veinte, como el resto de relojes de la sala. "¡Un reloj dentro de un cuadro!", pensó Jonathan, sorprendido.

Siguió mirando. Vio un reloj que colgaba del techo como si fuese una lámpara. Vio también, en una vitrina, un grupo de diminutos relojes que tenían en común el estar engastados en un anillo. Se detuvo ante un artefacto constituido por dos vasos superpuestos; un líquido rojizo fluía lentamente del recipiente superior al inferior.

—¿Esto es un reloj? –murmuró para sí mismo.

—Una clepsidra –dijo de pronto la voz del marqués junto a él, sobresaltándolo–, llamado comúnmente reloj de agua. Al igual que los mecanismos de medición basados en el sol, o en la arena que cae grano a grano, no es muy exacto. Pero fue uno de los primeros relojes empleados por el hombre.

Jonathan asintió, sin saber muy bien qué decir.

—Ah –dijo entonces el marqués–. Son casi las seis menos cuarto.

El chico no entendió al principio lo que quería decir, pero pronto lo descubrió cuando, de nuevo, todos los relojes se pusieron a dar la hora a la vez, aunque en esta ocasión el estruendo fue menor que a las cinco y media. El padre de Jonathan había estado preparado y aguardaba, resignado, a que los relojes terminasen de sonar. A Marjorie, en cambio, la habían vuelto a coger por sorpresa, y se tapaba los oídos con las manos, con aspecto de estar sufriendo un terrible dolor de cabeza.

Con una perfecta sincronía, los relojes enmudecieron de nuevo, todos al mismo tiempo, y pronto la sala volvió a llenarse de tictacs que parecían susurros casi humanos.

—Creo que ya hemos tenido bastante por hoy –decidió Bill–. Le agradezco la amabilidad, señor...

—... Marqués –atajó el dueño de la casa, sonriendo–. Espero que mi modesta colección haya sido de su agrado.

—Desde luego –Bill se dirigió hacia la puerta, seguido por su esposa, pero en el último momento se volvió de nuevo hacia el marqués–. Pero creo que no lleva usted bien la cuenta de los relojes que posee, señor... marqués. Nos ha dicho que había más de seiscientos, y yo he contado quinientos noventa y siete.

Los ojos del marqués parecieron relampaguear un momento, y dejó de sonreír. Basilio gimió y retrocedió unos pasos, como si algo terrible estuviese a punto de suceder. Solo Jonathan se percató de su extraña reacción, pero no le prestó atención, porque el marqués respondió:

—Tendré en cuenta su observación, señor Hadley. Permítanme acompañarlos a la salida.

Jonathan se preguntó cómo sabía el marqués el nombre de su padre, pero no dijo nada, porque este parecía más complacido y satisfecho que extrañado.

—Gracias, marqués. Por cierto, ¿por qué tuvo que

cerrar el museo? Sería por falta de dinero, ¿no? No podía ser de otra manera, si la entrada es gratuita...

En esta ocasión, ni siquiera Bill Hadley pudo pasar por alto el brillo peligroso de los ojos del marqués.

—Oiga, no se ofenda. Hay confianza, ¿no?

—No –replicó el marqués, y les dirigió una intensa mirada que puso a Jonathan la carne de gallina–. ¿De veras quiere saberlo?

—Se lo he preguntado, ¿no?

El marqués siguió mirándolos, como si pudiera leer en el interior del alma de cada uno de ellos. Jonathan vio de reojo que Basilio movía la cabeza, apesadumbrado.

—Muy bien –dijo entonces su anfitrión, encogiéndose de hombros–. Síganme, pues.

Les dio la espalda y se internó de nuevo en el Museo de los Relojes.

—Billy... –protestó Marjorie.

—¿Qué es lo que tiene que enseñarnos? –preguntó su marido–. ¿Nos entretendrá mucho?

—En absoluto. Pero han sido ustedes quienes han preguntado, ¿no?

Bill se quedó pensativo un momento. Después se encogió de hombros y dijo:

—¡Qué diablos! Me pica la curiosidad, ¿sabe?

Echó a andar tras el marqués, y Marjorie, con un suspiro que más bien pareció un resoplido, lo siguió. Cerraban la marcha Jonathan y el viejo portero; pese a que este solo hablaba español y la conversación se había desarrollado en inglés, parecía comprender mejor que ellos lo que estaba sucediendo.

Jonathan se sentía inquieto. La lógica le decía que no había nada peligroso en una colección de viejos relojes; sin embargo, su instinto había captado algo siniestro en la figura del marqués.

—Por aquí, por favor –dijo este con amabilidad, sonriendo a sus invitados.

Y los relojes seguían sonando en tictacs acompasados, como si susurrasen su aprobación.

2

EL marqués los guió hasta una puerta cerrada al fondo de la sala de los relojes. Extrajo un manojo de llaves de uno de los bolsillos de su chaqueta, y fue entonces cuando Jonathan se dio cuenta de que la puerta tenía varias cerraduras. Pasaron unos minutos antes de que el marqués las abriera todas y el interior de la estancia fuese visible para los visitantes.

Los tres Hadley entraron tras el marqués y miraron a su alrededor. Se encontraban en una habitación que parecía una prolongación del museo, porque también en ella había vitrinas y estantes. Sin embargo, se trataba de un cuarto pequeño, fresco y oscuro.

—¿Más relojes? –dijo Bill, entre socarrón y decepcionado.

—Seis relojes más –confirmó el marqués–. Sumados a los quinientos noventa y siete del museo, que usted se ha tomado la molestia de contar, suman más de seiscientos. Seiscientos tres, para ser exactos.

Jonathan no pudo reprimir una sonrisa ante la expresión de desconcierto de su padre y el elegante desquite del marqués. Sin embargo, aquella habitación en penumbra le producía una extraña inquietud.

—¿Por qué hay tan poca luz aquí? –preguntó.

—Porque los excesos ambientales podrían dañar las piezas –fue la respuesta–. Mantengo esta habitación a temperatura media, con una luz tenue, y también la preservo de ruidos estridentes, de modo que les rogaría que no levantasen la voz. Estos relojes son muy delicados.

—Bien, pero no lo comprendo –dijo Bill–. No pretenderá hacernos creer que estos relojes lo obligaron a cerrar la exposición...

—Intentaré explicárselo, señor Hadley. Verán, por unas razones o por otras, todos los relojes de la sala que ustedes acaban de visitar son auténticas piezas de museo. Ya sea por su acabado, por su antigüedad, por su composición, por su trabajo artístico o por su rareza. Pero estos seis relojes son infinitamente más valiosos. Se los mostraré uno por uno, pero, por lo que más quieran, no toquen ninguna de las piezas. Por su propio bien.

—¿Es una amenaza? –gruñó Bill.

—Solo un consejo –respondió el marqués con suavidad–. Originariamente, esta sala formaba también parte del museo, y solía mostrarla como colofón del recorrido por la colección. Por tanto, otros ya visitaron esta sala antes que ustedes. Pero algunos no siguieron mis indicaciones y hubo... en fin... ¿cómo describirlo?... Consecuencias desagradables... por así decirlo. En otras palabras: es mi obligación advertirles de lo peligrosos que pueden llegar a resultar estos relojes, de modo que, si ustedes desoyen esas advertencias, no me hago responsable de lo que pueda sucederles.

Bill se le quedó mirando con escepticismo.

—¡Bah! –dijo finalmente–. Está usted loco, ¿lo sabía?

—Tal vez –sonrió el marqués–. Pero le aconsejaría que escuchase lo que tengo que contarles antes de juzgar.

Bill Hadley se encogió de hombros.

—Como quiera. Estamos de vacaciones, tenemos todo el tiempo del mundo, ¿verdad?

El marqués sonrió de nuevo y los guió hasta la primera vitrina. En ella descansaba un antiguo reloj de bolsillo, de plata, de manecillas finamente repujadas. Estaba entreabierto; en la parte exterior de la tapa se distinguían aún los borrosos contornos de un escudo de armas. En la cara interna había una inscripción latina que rezaba:

Redde Quod Debes

—"Redde Quod Debes" –leyó el marqués–. Significa "Paga tu deuda". Este reloj era la posesión más preciada de un zapatero que vivió en el siglo XVIII. Se trataba de una joya que había pertenecido a su familia desde hacía un par de generaciones. Pues bien, el zapatero murió asesinado por un noble que no quiso pagar el precio acordado por un par de zapatos y, en el calor de la disputa, sacó la espada y lo mató. Aunque no había sido esta su intención primera, lo cierto es que ello no impidió que el aristócrata se deshiciese del cuerpo tras robarle sus escasas pertenencias sin el menor escrúpulo. El crimen fue silenciado y el noble hizo grabar en el reloj su escudo de armas. Pero poco después apareció misteriosamente en su interior la inscripción "Redde Quod Debes". Aunque el grabador juró y perjuró que él se había limitado a cincelar el escudo de armas en el reloj, el aristócrata no le creyó, y se encargó de que no pudiera contarlo a nadie, por si acaso.

»Lo cierto es que ese reloj había caído bajo el peso de una maldición, y se cobró el precio de la muerte del zapatero... con la muerte del noble. El reloj le robó tiempo de vida mientras estuvo en su poder; cuando su nuevo dueño se dio cuenta de que el artefacto maldito era el causante de su envejecimiento prematuro, trató de deshacerse de él, pero ya era tarde. El asesino del zapatero tenía treinta y cinco años y presentaba el aspecto de un frágil anciano de no menos de ochenta. No tardó en morir.

»Este objeto sigue estando maldito, y por eso es peligroso. Se alimenta de tiempo. Y hace muchos años que no lo toca nadie, de modo que está particularmente hambriento. Si se fijan, verán que el escudo de armas empieza a desdibujarse, pero la inscripción sigue tan clara como el día en que se manifestó inexplicablemente sobre el reloj.

Bill Hadley miró a su familia alzando las cejas en un gesto significativo. Tuvo el detalle de no decir en voz alta lo que pensaba de aquella historia, pero para Jonathan estaba bastante claro.

El marqués pareció haber captado el gesto de su invitado, porque le dirigió una inquietante mirada. No dijo nada, sin embargo; se limitó a guiarlos hasta el siguiente reloj.

Era un aparato compuesto por barras verticales y un curioso mecanismo parecido a un péndulo con varias ruedas dentadas, que hacían que dos de las barras subiesen y bajasen rítmicamente, con un chasquido parecido al tictac convencional. Jonathan había visto algún artefacto parecido en la sala anterior, pero ninguno tan grande.

—Un reloj medieval –explicó el marqués–. Del siglo trece. Como ven, no tiene números, no puede señalar la hora, pero sí marca el tiempo y lo divide en segundos. Perteneció a un arzobispo alemán que estaba obsesionado con contar el tiempo que faltaba hasta el día del Juicio Final. Todo lo que consiguió fue este reloj. Sin embargo, quedó absolutamente fascinado con él. Pasaba noches y días enteros sentado frente al reloj, oyendo su tictac y viendo cómo sus piezas se movían, arriba y abajo, arriba y abajo... hasta que nada ni nadie fue capaz de sacarlo de su hipnótico estado. Cuando lo arrancaron de la silla estaba completamente rígido, y nunca lograron despertarlo. Pasó el resto de sus días sentado, moviendo los ojos arriba y abajo, arriba y abajo, como si todavía pudiese ver los engranajes de su reloj, y haciendo con la lengua un molesto chasquido que imitaba su sonido. No comía, no bebía, no dormía. Fue consumiéndose poco a poco, hasta que al final murió.

—Qué historia tan desagradable –dijo Marjorie, estremeciéndose.

—No es más que una historia –replicó Bill, cruzándose de brazos–. No sucedió en realidad.

—Oh –dijo el marqués, sin manifestar en su rostro ninguna expresión en particular–. ¿Usted cree?

—Por supuesto. Si fuese cierta, a alguien se le habría ocurrido destruir ese... ese condenado reloj.

—Los objetos malignos saben cuidarse solos, y no son fáciles de destruir. Y en este reloj sigue habiendo algo maligno. El arzobispo alemán no fue el único en quedar en trance por su culpa, así que yo en tu lugar, jovencito, apartaría la mirada de él, a no ser que quieras acabar moviendo los ojos y chasqueando la lengua el resto de tu vida.

Jonathan dio un respingo y se separó del reloj, algo confuso. Su padre colocó la manaza derecha sobre el hombro del muchacho, protectoramente, a pesar de que el chico era ya tan alto como él.

—No le hagas caso, hijo –susurró–. Son solo cuentos de hadas.

Jonathan no respondió, pero echó una rápida mirada al marqués, para asegurarse de que no lo había oído. Este no dijo nada, ni siquiera los miró, pero sus labios se curvaron en una leve sonrisa.

Pasaron al siguiente objeto, un enorme reloj de arena.

—Y a este, ¿qué le pasa? –preguntó Bill, divertido–. ¿También está maldito?

El marqués negó con la cabeza. No parecía ofendido.

—Este reloj –dijo– fue parte de un siniestro pacto. Una vez, un hombre vendió su alma al diablo a cambio de la inmortalidad. Le fue entregado este reloj, que mediría la duración de su vida. Mientras la arena corriese en su interior, el hombre viviría. Cuando la arena se detuviese, moriría. Lo único que tenía que hacer era darle la vuelta una y otra vez, hasta que se cansase de ser inmortal.

»Pues bien, el reloj... se perdió... y casualmente vino a parar a mis manos –sonrió como un tiburón–. La vida de su propietario depende de este objeto. Yo ya he dado la vuelta al reloj cinco veces, pero, quién sabe... tal vez algún día me canse de hacerlo.

Jonathan miró el reloj, fascinado, pero su padre había perdido la paciencia.

—¿Nos ha traído hasta aquí para contarnos pamplinas?

El marqués se volvió hacia él y lo atravesó con la mirada. Bill Hadley retrocedió, súbitamente amedrentado.

—Llámelo como quiera... señor Hadley –dijo el

marqués, con un tono de voz tan frío que habría helado hasta el mismo infierno–. Pero todavía hoy sigue internada en el psiquiátrico una mujer que mueve los ojos y chasquea la lengua al ritmo de mi magnífico reloj del siglo trece. Y no menos de seis personas perdieron su alma en el interior del reloj de Qu Sui. Y dos jóvenes desaparecieron para siempre entre los pliegues del espacio-tiempo porque se acercaron demasiado al extraordinario reloj de péndulo de Barun-Urt, que, por cierto, es el que iba a mostrarles a continuación. Por no hablar de otro prodigioso reloj de arena, el de Shibam, que hizo rejuvenecer a dos hombres y una mujer hasta un grado anterior a su propia existencia, cuando le dieron la vuelta para ver cómo la arena caía del revés.

Bill tragó saliva.

—¡Dios mío, está usted hablando en serio! ¡De verdad se cree todos esos disparates!

—Por eso –prosiguió el marqués sin hacerle caso–, por eso y no por otra cosa tuve que clausurar la exposición. Créame si le digo que, en realidad, me da exactamente igual si usted mete la cabeza dentro del reloj de Barun-Urt, como si decide alimentar el "Redde Quod Debes" con su propio tiempo. Yo me veía obligado a advertir a los visitantes, pero, desde mi punto de vista, ahí acababa mi responsabilidad. Por desgracia, las autoridades locales no opinaban del mismo modo...

Hubo un tenso silencio. Bill Hadley fue a decir algo, pero no encontró las palabras. El marqués sonrió con amabilidad y prosiguió:

—Y ahora que ya lo sabe, aunque dudo mucho que haya usted comprendido la importancia de lo que aquí se guarda, les rogaría a usted y a su familia que me disculpasen, pues tengo asuntos que atender, y no dudo que a ustedes les queda mucho por visitar en la Ciudad Antigua.

Bill parpadeó, algo confuso. El marqués no había levantado la voz en ningún momento, y su tono había sido extremadamente educado y cortés, pero él había creído leer entre líneas que lo había llamado estúpido y lo estaba echando de su casa.

—Eh... bien, sí –farfulló, inseguro–. Mejor nos vamos. Que le vaya bien con sus... em... relojes. Jonathan, Marjorie... nos marchamos... ¿Marjorie?

La mujer se había quedado quieta frente a un mecanismo de rara belleza. Estaba formado por un orbe de vidrio apoyado sobre un pedestal de mármol. Encima del orbe había una plataforma de oro y alabastro con una serie de inscripciones en caracteres orientales, y sobre ella se movían un grupo de figuritas de oro que representaban distintos animales: un ratón, un tigre, un dragón, un caballo, un gallo, un perro, una cabra, un mono, una serpiente, un jabalí, una liebre y un toro, que giraban lentamente en torno a la figura, situada en el centro, de un emperador chino. Las figuras no se movían en círculo, sino atendiendo a una extraña coreografía de movimientos aparentemente caótica. En aquel momento, la figurita del gallo se estaba inclinando ante el emperador.

Pero lo que llamó la atención de Jonathan y su padre no fue la delicada perfección de los autómatas en miniatura, sino la extraña y densa niebla que giraba en el interior del orbe y que, de alguna inconcebible manera, parecía alimentar los movimientos de las doradas figurillas sobre él. Algo perverso y siniestro había en aquella bruma fantasmal, y Jonathan sintió que se le helaba la sangre en las venas sin saber por qué.

Entonces, como a cámara lenta, Marjorie adelantó la mano para rozar el orbe del reloj con la punta de los dedos, y un pesado silencio cayó sobre la habitación, como si el tiempo se hubiese detenido, y se prolongó por espacio de unos eternos segundos, hasta que un suspiro del marqués los devolvió a la realidad.

—Miren que se lo he advertido –dijo solamente, con más resignación que preocupación.

En el momento en que Marjorie Hadley cayó al suelo desvanecida, los relojes dieron las seis, y la cabeza del gallo tocó los pies del emperador.

3

Los instantes siguientes fueron confusos. Bill y Jonathan se abalanzaron sobre la mujer caída, que estaba mortalmente pálida y con los ojos desenfocados. Por un momento creyeron que ella estaba muerta, pero entonces descubrieron un breve pálpito de vida que hacía temblar sus labios entreabiertos.

—Hay que llamar a una ambulancia –dijo Bill, poniéndose en pie de un salto.

Pero el marqués lo detuvo cogiéndole del brazo.

—Espere; ella no está enferma, solo prisionera; pero si la alejan del reloj, morirá.

Bill se sacudió su mano de encima con un gesto furioso.

—¡Maldito loco! –lo insultó–. Usted es el responsable de todo esto. ¡Me ocuparé de que pase el resto de sus días en la cárcel y de que no quede piedra sobre piedra en este lugar!

El marqués no respondió. Solo avanzó hasta él y lo miró, y de repente parecía haber crecido en estatura y contener todo el poder del universo en sus ojos oscuros. Bill retrocedió unos pasos, acobardado. No trató de resistirse cuando el marqués cerró de nuevo su mano derecha, como una garra, en torno a su antebrazo, y lo obligó a colocarse frente al reloj y a volver la cabeza para escuchar el misterioso y casi inaudible sonido que procedía del orbe.

Jonathan seguía inclinado junto a su madrastra, incapaz de reaccionar ni de comprender qué estaba sucediendo. Pero vio con espantosa claridad el cambio en la expresión de su padre; su rostro perdió el color, sus ojos se abrieron al máximo, desorbitados por el terror, y su frente se cubrió de gotas de sudor.

—¡Papá! –gritó el muchacho, incorporándose de un salto.

—Ma... Marjorie –susurró él.

Después, se derrumbó.

No cayó como lo había hecho su esposa, sino que se dejó resbalar hasta quedar sentado en el suelo, con los hombros hundidos, la cabeza gacha y una expresión de profunda desesperanza pintada en su rostro.

—Papá –repitió Jonathan, inclinándose junto a él–. ¿Estás bien? ¿Qué te ha pasado?

Pero él movía la cabeza y murmuraba el nombre de su esposa. Toda su fuerza y altanería parecían haberlo abandonado. Jonathan lo cogió por los hombros, y se le antojaron quebradizos como el cristal. Fue como si Bill Hadley hubiese envejecido de pronto, y el muchacho no pudo reprimir un estremecimiento. Todavía se negaba a creer las historias fantásticas que el marqués había relatado acerca de aquellos relojes, pero una oscura garra de miedo e incertidumbre había aferrado su corazón desde hacía un buen rato.

Se volvió hacia el dueño de la colección de relojes.

—¿Qué le ha hecho?

El marqués se encogió de hombros y le dirigió una fría mirada casi inhumana.

—Solo le he hecho comprender en qué situación se encuentra su esposa, y por qué los médicos no podrían salvarla. No es lo bastante fuerte como para aceptar la verdad.

Jonathan sintió que lo inundaba una oleada de ira, nacida del miedo, la desesperación y la sensación de impotencia producida por el hecho de no entender qué estaba sucediendo. Se levantó de un salto y le plantó cara al marqués.

—¿Qué verdad? –exigió saber–. ¡Dígame qué les ha pasado a mis padres!

Su oponente lo miró con un cierto brillo de admiración en sus ojos oscuros.

—Tal vez tú poseas el temple del que carece tu padre, muchacho. Tu madrastra se halla en un grave peligro, caminando entre la vida y la muerte. Acércate al reloj y escucha. ¡Pero cuidado! No lo toques. No lo roces siquiera.

Jonathan vaciló, pero aproximó su rostro al orbe y escuchó.

Al principio no oyó nada. Después, poco a poco, comenzó a percibir un susurro parecido al del viento entre las hojas de los árboles.

—¿Qué es eso? –musitó.

—Escucha –dijo el marqués.

Jonathan prestó atención. Lentamente, el susurro comenzó a hacerse cada vez más nítido, y Jonathan se estremeció: parecía un coro de voces humanas que hablasen todas a la vez, y cada una en un idioma distinto. Sonaban muy lejanas, pero no cabía duda de que eran humanas.

—¿Pero qué...?

Se interrumpió de pronto. Una voz se elevaba por encima de las demás. Era una voz femenina y dolorosamente familiar. Y pronunciaba su nombre.

—*Jon...athan...*

Jonathan ahogó un grito.

—¿Marjorie?

—*Jon...athan* –susurró la voz de Marjorie desde el interior del orbe del reloj de Qu Sui–. *Ayú...da...me... Sáca...me de aquí...*

Jonathan volvió la cabeza para mirar directamente al orbe, sobrecogido. Lo que vio lo dejó paralizado por el terror: la niebla cambiante parecía formar los rasgos del rostro de Marjorie, y sus ojos lo miraban suplicantes mientras unos dedos fantasmales tanteaban el interior del orbe, tratando de escapar de aquella horrible prisión de cristal.

Los labios de la aparición vibraron de nuevo.

—*Jon...athan...*

El chico se separó bruscamente del reloj, pálido como la cera y temblando violentamente. Su corazón latía con fuerza. Tardó un rato en recuperar el habla.

—Hay que sacarla de ahí –pudo decir al fin.

El marqués asintió.

—El tiempo se agota –dijo, y sonrió, como si acabase de decir algo cargado de amarga ironía–. Pero hay una posibilidad de recuperar su alma antes de que sea demasiado tarde... si estás dispuesto a intentarlo, claro.

Jonathan no dijo nada. Miró al marqués y sus ojos lo intimidaron.

—¿Quién es... usted? –pudo preguntar al fin.

El alto hombre de negro dejó escapar una breve carcajada.

—Veo que, a diferencia de tus padres, tú todavía posees un mínimo de instinto. Bien, Jonathan, mi identidad ahora no viene al caso. Es más urgente que lo sepas todo sobre este reloj y que busques lo único que podría contrarrestar su influencia. Con un poco de suerte, triunfarás donde yo he fracasado –sus ojos relampaguearon y Jonathan retrocedió un paso–. Y entonces recuperaremos el alma de tu madrastra... y puede que algo más. ¿Estás dispuesto a escucharme?

Jonathan miró a su padre, pero este parecía ausente, encogido junto al cuerpo inerte de su mujer y gimoteando en voz apenas audible. El chico respiró hondo. Se sentía preso en el interior de una extraña pesadilla de la que no sabía cómo despertar. Sin apenas darse cuenta, asintió.

Entonces el marqués empezó a hablar, y su voz tenía un tono hipnótico y fascinante que llevó a Jonathan a tiempos remotos y a reinos lejanos, y fue casi como si él mismo hubiese vivido la historia del extraordinario reloj que tenía presa el alma de su madrastra:

—El reloj de Qu Sui fue creado en China, hace muchos siglos, antes incluso de que existiesen en Europa artefactos mecánicos capaces de medir el tiempo. Fue fruto de la curiosidad insaciable de un emperador que amaba las cosas extraordinarias. A su palacio llegaban todo tipo de viajeros de tierras lejanas esperando agradarle con las maravillas que traían. Al emperador le apasionaba lo nuevo y lo sorprendente, ya fueran animales desconocidos, ingenios fantásticos o historias increíbles.

»Pero la única persona que logró captar toda su atención, una y otra vez, fue un mago que vino de Persia. Alquimista, inventor, ilusionista, mecánico, poeta... un creador de maravillas llenas de misterio y belleza. El emperador lo mantuvo a su lado, encantado, y el mago llenó su palacio de prodigios.

»Un día se presentó ante él con un nuevo ingenio que era capaz de medir el tiempo. Los chinos dividen la jornada en doce partes o *tokis*, que se corresponden con los doce animales de su horóscopo. El mecanismo consistía en una serie de piezas que se movían de manera predeterminada, siguiendo de alguna forma el movimiento de los astros. Cada una de las piezas llevaba grabado el símbolo de un *toki*, y pasaban por el centro de la circunferencia con una extraordinaria exactitud, que fue corroborada por los astrónomos más prestigiosos del imperio.

»El emperador quedó extasiado, y mandó revestir el ingenio de lujosa belleza. La esfera fue labrada en mármol, y las piezas, sustituidas por pequeños autómatas de oro. Cuando era la hora, el animal correspondiente se inclinaba ante la figura inmóvil del emperador, situada en el centro del reloj.

»Pronto, sin embargo, el emperador se cansó de darle cuerda, y preguntó al mago si existía alguna manera de lograr que el reloj continuase funcionando solo, por toda la eternidad. "Oh, sí, señor, la hay", respondió el mago. "Existe una energía eterna, y yo puedo capturarla en un orbe. Pero el precio es alto".

»El emperador le ordenó que trabajara en ello, sin tener en cuenta los riesgos. Cuando el orbe estuvo terminado, el mago reveló al emperador que aquello que debía contener eran almas.

»Ambos guardaron el secreto. El emperador comenzó a alimentar a su extraordinario reloj con las almas de aquellos que se atrevían a tocarlo. Y así, pronto la ciudad se llenó de cuerpos vivos, pero sin alma, como cáscaras vacías, como autómatas que se movían sin recordar cómo ni por qué. Nadie conocía el origen de esta extraña y nueva enfermedad, puesto que nadie, excepto el emperador y el mago, estaba al tanto de la siniestra condición de devorador de almas que había adquirido el reloj.

»El tiempo pasó, y el emperador envejeció, pero el reloj se había alimentado bien, y seguiría funcionando varios siglos más. Sin embargo, una mañana los sirvientes hallaron el cuerpo del emperador vivo, pero sin alma, como un muñeco grotesco que ya no podía hablar ni pensar por sí mismo, pero que, de alguna manera, seguía existiendo. Tanto el mago como el reloj habían desaparecido.

»Nadie supo nunca lo que había sucedido; tal vez el emperador había querido librarse de su mago y, tras fracasar en su intento, había sufrido la venganza de este. Pero lo cierto fue que, después de aquel día, nadie más en todo el imperio volvió a caer víctima de la misteriosa enfermedad que transformaba a los vivos en no-muertos. Con el tiempo, y dado que no se encontró cura, todos los cuerpos sin alma, incluido el del emperador, acabaron por ser sacrificados.

»Nunca volvió a saberse nada del extraordinario reloj de Qu Sui, ni del mago que se lo llevó. Con respecto a cómo llegó hasta mi colección... bueno, esa es otra historia que no necesitas conocer ahora.

La voz del marqués se apagó. Jonathan había escuchado aquella historia de pie y en silencio, sin apartar los ojos de su madrastra.

—Así que ya lo sabes –dijo tranquilamente el marqués–. A Marjorie le han robado el alma. Tú mismo la has oído susurrar desde el interior del orbe del reloj de Qu Sui, y también tu padre.

Jonathan reaccionó. Miró al marqués y negó con la cabeza.

—No –dijo–. No lo creo, no puedo aceptarlo. No es verdad.

Pero, en el fondo de su corazón, sabía que sí lo era.

El marqués suspiró de nuevo y se acercó al reloj. El gallo ya no estaba inclinado ante el emperador. Se alejaba lentamente de él, mientras la figura del perro parecía comenzar a desplazarse hacia el centro.

—El reloj tarda exactamente medio ciclo en apropiarse de un alma. Eso hace seis *tokis*, es decir, doce horas. Lo cual significa que tienes hasta mañana al amanecer. Cuando el perro, el jabalí, el ratón, el toro, el tigre y la liebre hayan pasado por el centro de la esfera, el reloj de Qu Sui habrá arrebatado por completo el alma de Marjorie Hadley, y será demasiado tarde.

Bill, todavía en el suelo, gimió de nuevo.

—Pero, ¿qué he de hacer? –preguntó Jonathan, confuso.

El marqués no respondió enseguida. Avanzó hacia el fondo de la sala, y el chico lo siguió. Pasaron frente a los dos relojes que no habían visto: el reloj de péndulo de Barun-Urt, adornado con caprichosas figuras de corte oriental, y el reloj de Shibam, aquel cuya arena, según el marqués, caía hacia arriba si se le daba la vuelta, provocando un rejuvenecimiento ininterrumpido hasta antes de la propia concepción.

Pero el marqués no prestó atención a ninguno de estos relojes. Se detuvo ante la séptima vitrina, y Jonathan se asomó a ella, conteniendo el aliento.

Estaba vacía.

—He pasado toda mi vida coleccionando relojes. La mayoría son joyas, pero en esta sala están los... relojes especiales, extraordinarios. Casi todos están malditos, pero eso no me ha detenido. Oh, sé muy bien que hay otros relojes portentosos en el mundo, pero ninguno me interesaba tanto como uno muy, muy especial, que se me ha escapado de entre las manos una y otra vez. He reservado en esta sala un rincón para él, pero verás, Jonathan, ninguna de las piezas que ahora mismo nos rodean es nada comparada con ese reloj del que te hablo. Se trata de un objeto que puede prestarme un gran servicio, pero también tiene la clave para devolverle a Marjorie su alma.

»Se trata del reloj Deveraux.

Jonathan se quedó mirando al marqués.

—¿Y cómo se supone que voy a encontrarlo en doce horas?

El marqués retiró un poco la cortina de la ventana e indicó a Jonathan que se colocara junto a él.

El paisaje era magnífico. La Ciudad Antigua, encerrada en sus murallas, se alzaba al otro lado del río, orgullosa, desafiando al tiempo y a la eternidad. Los vetustos edificios habían sobrevivido a guerras, heladas, incendios e inundaciones, y seguían dormitando a la sombra de la catedral gótica y de varias sinagogas y mezquitas, recuerdo de un tiempo en que, tras aquellas murallas, se había llamado a Dios con tres nombres diferentes.

—Está allí –dijo el marqués suavemente–, en alguna parte, detrás de esas murallas que a mí no me está permitido franquear.

—¿Por qué no?

—Eso es asunto mío, muchacho. Pero te aseguro que, si me estuviese permitido hacerlo, el reloj Deveraux sería ya mío, y ahora no estarías preocupándote por el futuro de tu madrastra.

Jonathan volvió a contemplar la ciudad, que pareció devolverle una mirada soñolienta, nada amenazadora. Ya había paseado por sus calles y no había encontrado nada peligroso en ellas. Solo tenía que volver allí y encontrar un reloj. Nada más.

—No tienes mucho tiempo –lo apremió el marqués–. Date prisa o será demasiado tarde.

Jonathan pensó en aquellos chinos sin alma, sin conciencia, que se movían sin saber realmente qué eran; recordó el rostro fantasmal de Marjorie que le pedía ayuda desde el interior del orbe, y se dijo a sí mismo que no tenía elección.

Se inclinó junto a su padre y su madrastra y susurró:

—Volveré pronto, lo prometo.

Marjorie no reaccionó; Bill le dirigió una mirada vidriosa. Jonathan esperó un momento, pero él no dijo nada. Echó una mirada cautelosa a la niebla rojiza del reloj, pero el rostro de Marjorie no volvió a aparecer allí.

Respiró hondo. Se incorporó de nuevo y, sin mirar atrás, abandonó la sala de los seis relojes prodigiosos.

Atravesó el museo, seguido de cerca por el marqués, y todos los relojes le recordaron que ya eran las seis y cuarto. Apenas vio a Basilio, que aguardaba junto a la puerta, y tampoco dijo nada cuando salió al exterior.

Se sintió muy aliviado al abandonar la sombra del viejo caserón. El marqués se quedó en la puerta y le dirigió una extraña mirada.

—Recuérdalo, muchacho –dijo–. El reloj Deveraux.

"El reloj Deveraux... El reloj Deveraux..."

El nombre quedó grabado a fuego en su mente. Jonathan respiró profundamente y echó a andar, decidido, a la Ciudad Antigua, que dormitaba al otro lado del río.

El marqués lo vio marchar, en silencio.

—¿Tú qué opinas, Basilio? –dijo de pronto.

El viejo mayordomo dio un respingo. El marqués seguía con la vista fija en la figura de Jonathan, que avanzaba hacia uno de los puentes que llevaban a la Ciudad Antigua.

—¿Se... se refiere usted al muchacho?

El marqués asintió.

—Bueno –dijo Basilio, inseguro–. No parece gran cosa, ¿verdad? Quiero decir... que no es tan fácil llegar hasta allí, ¿no? Y, aunque lo consiguiera... ¿por qué iban ellos a tratarlo de manera distinta que a los otros?

El marqués no dijo nada. Parecía sumido en profundas meditaciones. Al cabo de unos minutos, cabeceó enérgicamente.

—Tienes razón, Basilio. Él no lo sabe, pero en el caso de que logre cruzar el umbral... tendrá mucha suerte si consigue ver la luz de un nuevo día.

Y con estas palabras, el marqués dio media vuelta y se internó de nuevo en las sombras del caserón que albergaba el extraordinario Museo de los Relojes.

Basilio lo siguió.

4

Las calles empedradas, laberínticas, serpenteaban entre vetustas casas que habían contemplado el paso de muchas generaciones de seres humanos. Cada rincón de la Ciudad Antigua escondía una nueva sorpresa, pero Jonathan no se detuvo; de hecho, cuando las campanadas del convento cercano dieron las seis y media, el joven aceleró el paso.

Caminaba sin rumbo fijo. Sabía qué estaba buscando, pero no tenía ni idea de por dónde empezar. Sin embargo, no podía detenerse. El tiempo corría en su contra.

Aminoró la marcha en una calle flanqueada por diversas tiendas de recuerdos para turistas, y se quedó mirando los escaparates. Vio productos de artesanía típicos, lacados, repujados en oro, finamente labrados. Figuritas, vajilla, enormes espadas españolas, cuadros, espejos...

La mayor parte de los objetos eran de nueva fabricación, pero algunas tiendas mostraban antigüedades auténticas. Sus ojos se posaron en un reloj de pared de plata, y se preguntó si sería aquel el que andaba buscando. Se dio cuenta entonces de que no tenía ni la más remota idea de cómo era aquel famoso reloj. ¿Sería un reloj de sol, de arena, mecánico? ¿De bolsillo, de pie, de cuco, de pared, de chimenea, de mesa, de pulsera? ¿Lo venderían en alguna tienda? ¿Lo expondrían en algún museo? ¿Pertenecería a alguna casa particular?

En aquel momento, Jonathan maldijo su escaso sentido práctico. Siempre había sido un soñador, y un desastre en el mundo real.

—Debería haber preguntado al marqués –murmuró para sí mismo–. Seguro que él sabía muchas más cosas de las que me ha dicho.

Se separó del cristal del escaparate, apesadumbrado, y se preguntó si perdería mucho tiempo regresando al caserón para pedir más información.

No quiso mirar la hora. Rápidamente, emprendió el trayecto hacia la casa del marqués, atajando por el camino que le pareció más rápido, por callejuelas umbrías que todavía conservaban un cierto sabor añejo, medieval.

Se perdió. Después de un buen rato, oyó las campanas anunciando las siete de la tarde. Dio media vuelta y echó a correr, con la esperanza de escapar de aquel laberinto.

Desembocó en un callejón sin salida. Al fondo había una pequeña plaza rodeada de árboles, con una fuente de piedra cuyo caño estaba tallado en forma de boca de dragón. Jonathan bebió un poco de agua y se dispuso a volver sobre sus pasos. Pero algo llamó su atención.

Se trataba de un establecimiento. Parecía viejo, y sobre su puerta se veía un desgastado anuncio que rezaba:

ANTIGUA RELOJERÍA MOSER

ESPECIALISTAS EN REPARACIÓN
Y RESTAURACIÓN DE RELOJES ANTIGUOS

DESDE 1872

Jonathan sintió que se le aceleraba el corazón.

Cuando empujó la puerta, un racimo de campanillas anunció su visita. Jonathan clavó la mirada en el mostrador, tratando de ignorar el coro de tictacs que lo había recibido, y que le recordaba demasiado a otro lugar en el que nunca habría debido entrar.

Tal vez esperaba ver una mesa minúscula abarrotada de piezas de relojería minúsculas, y a un viejecillo minúsculo con una lente de aumento sobre un ojo, trabajando en el delicado mecanismo de algún reloj de bolsillo centenario. Lo que encontró fue muy distinto. El relojero que lo miraba desde detrás de un mostrador amplio y despejado, sobre el que reposaba un ordenador, era un hombre joven y atlético. No se parecía en nada a la imagen que Jonathan tenía del interior de una relojería que se remontaba a 1872.

—¿Puedo ayudarte en algo?

Jonathan vaciló, pero acabó acercándose.

—Buenas tardes –dijo; sabía que su español era correcto, pero, como no había tenido muchas oportunidades de practicarlo, temía que su acento no fuese muy bueno–. Busco un reloj antiguo.

El relojero sonrió.

—Si te refieres a piezas de coleccionista, son muy caras. Puedo dejarte un catálogo, para que te hagas una idea.

—Sí, por favor.

Jonathan hojeó el catálogo. La mayor parte de los relojes eran de los siglos XVIII, XIX y principios del XX. El chico no se fijó en los precios, que eran prohibitivos, incluso para alguien con los recursos de su padre, sino que buscó en el pie de las fotografías aquel nombre que el marqués le había indicado. En cuanto lo encontrase, ya pensaría cómo hacerse con él; pero lo principal era localizarlo.

No lo logró. Devolvió el catálogo al relojero, con gesto serio. La sonrisa de este se ensanchó.

—Ya te he dicho que eran caros.

—El reloj que yo busco no está aquí –explicó Jonathan–. O, por lo menos, yo no lo he visto. No sé cómo es ni de qué época. Solo sé que lo llaman el reloj *Dafegó*.

Jonathan no sabía francés, y, por tanto, repitió el nombre tal y como lo había oído de boca del marqués.

El relojero lo miró, perplejo.

—No me suena –admitió–. Pero, si es antiguo...

—Mi padre colecciona relojes antiguos –improvisó

Jonathan–. Por supuesto que yo no podría comprarlo, pero él sí, y paga muy bien por ellos. Lleva tiempo detrás de ese reloj, y me gustaría darle una sorpresa y decirle dónde lo puede comprar. Sería un fantástico regalo de cumpleaños –añadió, con una sonrisa–, porque sé que lo tienen aquí, en esta ciudad.

Se puso colorado, como cada vez que mentía, pero el relojero no lo notó. Lo miraba con interés y curiosidad.

—¿Cómo dices que se llama ese reloj? Nunca lo había oído nombrar.

—Reloj *Dafegó.*

—Bien... haré una llamada y enseguida te contesto.

—Gracias –dijo Jonathan.

El relojero entró en la trastienda. Jonathan miró a su alrededor mientras esperaba, pero apartó la vista inmediatamente. Estaba empezando a odiar los relojes.

—Deveraux –dijo una voz tras él, sobresaltándolo.

Jonathan se volvió rápidamente. Descubrió entonces a un anciano sentado entre los relojes. Se preguntó cómo no lo había visto antes.

—Perdón, ¿cómo dice?

—El reloj se llama Deveraux, y no *Dafegó* –explicó el anciano despacio; su rostro se llenaba de nuevas arrugas con cada palabra que pronunciaba–. D-E-V-E-R-A-U-X.

El corazón de Jonathan dejó de latir por un breve

instante. Después volvió a palpitar con una nueva fuerza.

—Deveraux –repitió el chico, asegurándose de pronunciarlo correctamente esta vez–. Sí, ese es el reloj que estoy buscando. ¿Usted conoce...? –empezó, pero se detuvo al ver que el anciano negaba con la cabeza.

—No es un reloj corriente, no, señor. Los antiguos relojeros hemos oído hablar de él, pero las nuevas generaciones creen que son cuentos de viejos. Lo que yo sé, y mi nieto no sabe –señaló con la cabeza hacia la puerta de la trastienda–, es que no encontrará ese reloj en ningún catálogo de antigüedades.

—Pero es antiguo, ¿verdad?

—Del siglo XVII. Una verdadera joya, si hacemos caso de lo que dicen los textos. Pero hace casi tres siglos que nadie lo ha visto.

Jonathan palideció.

—Me han dicho que estaba aquí.

El viejo rió suavemente.

—¿Quién? ¿Tu padre, el coleccionista de relojes?

Jonathan fue a replicar, pero no logró decir nada.

—No eres el primero que viene preguntando por ese reloj, jovencito, y puedo imaginar perfectamente quién te envía. Lleva mucho tiempo queriendo conseguirlo, sí, pero *ellos* ocultan bien sus secretos.

—¿Quiénes son *ellos*?

El anciano negó de nuevo con la cabeza.

—No quieras saberlo, hijo. No deberías meterte en sus asuntos, solo trae problemas, ¿entiendes? Es mejor cerrar los ojos y hacer como que no te enteras de nada...

—Pero no puedo –por alguna extraña razón, Jonathan intuía que podía confiar en el viejo relojero–. Mi madrastra está en peligro. Solo tengo once horas para encontrar ese reloj.

El viejo le lanzó una mirada penetrante, pero Jonathan leyó también la compasión en sus ojos.

—Que yo sepa, nadie ha logrado hasta ahora llegar a ellos, y mucho menos hasta el reloj Deveraux. Se esconden muy bien. Caminan entre nosotros, bajo nuestro mismo aspecto, pero no son como nosotros. Por eso es muy probable que ya sepan que estás aquí.

—Pero...

—Son pocos y están repartidos por todo el mundo –prosiguió el anciano sin hacerle caso–, pero un grupo de ellos se instaló hace mucho tiempo en el recinto de la Ciudad Antigua. Los viejos lo sabemos. Los jóvenes lo saben, pero no quieren creerlo. Y, sin embargo, es verdad. Así que ten cuidado, hijo.

Jonathan se irguió. No entendía del todo las palabras del viejo, pero algo en su serena mirada le decía que no eran desvaríos seniles, que estaba demasiado cuerdo como para fabular con cosas serias. Se sintió inquieto. En ningún momento había pensado que buscar un reloj antiguo pudiera traerle problemas. Pero pensó que tal vez el anciano exageraba.

—Tengo que encontrar ese reloj –dijo lentamente, clavando sus ojos en los de él.

El viejo no se movió, ni dijo nada, durante un par

de largos minutos en los que pareció una estatua de piedra.

—Bueno –murmuró finalmente–. Yo ya te he advertido. Para llegar hasta el reloj Deveraux primero habrás de llegar hasta ellos. Y yo solo conozco a una persona que lo haya logrado. Busca a Nico, en la sinagoga.

—¿Nico?

—Y date prisa: cierran a las siete y media.

—Pero...

—¿No me has oído? ¡Corre!

Jonathan dio un paso atrás, indeciso. Echó un vistazo a la puerta de la trastienda, de donde procedía el murmullo apagado de alguien que hablaba por teléfono. Después miró a su alrededor, pero cada reloj marcaba una hora diferente. Se volvió hacia el anciano.

—Muchas gracias por todo –dijo, y salió corriendo a la calle.

Apenas un momento después, el relojero joven salió de la trastienda.

—Mira, me dicen que ese reloj no... –miró a su alrededor, desconcertado–. Pero, ¿adónde ha ido? ¿Abuelo?

El anciano dormitaba sobre su silla, roncando suavemente, rodeado de relojes, como si fuera uno más. Su nieto movió la cabeza y volvió a guardar el catálogo de relojes antiguos. Momentos después, estaba ocupado con otras cosas y ya había olvidado al muchacho extranjero que le había preguntado por el reloj *Dafegó*.

Mientras tanto, Jonathan había sacado de su mochila un plano de la Ciudad Antigua y corría a toda velocidad hacia la sinagoga.

Llegó diez minutos después de las siete y media. La puerta de la sinagoga estaba cerrada a cal y canto. El patio se hallaba vacío, a excepción de un tenderete de recuerdos cuyo dueño estaba recogiendo ya.

Jonathan sintió que se le caía el alma a los pies. Avanzó hasta la pesada puerta de madera y buscó un timbre, un llamador, una aldaba, un picaporte, una campanilla, lo que fuera. Pero no lo encontró. Desesperado, descargó ambos puños contra la puerta.

—¡Abran! ¡Por favor, abran la puerta!

—No va a abrirte nadie, amigo –dijo una voz tras él–. No queda nadie dentro.

Jonathan se volvió. El dueño del puesto, un joven de piel oscura y ropa de colores chillones, lo miraba con curiosidad.

—Pero... pero tengo que... tengo que entrar... a rezar.

—Venga ya. ¿De qué vas? Esto es una atracción turística, ¿sabes? Hace mil años la gente rezaba aquí, pero ahora está vacía. ¿Se puede saber qué tripa se te ha roto?

Jonathan no entendía muy bien la jerga del vendedor, pero sí captó que su actitud no era muy bien acogida. Abatido, se sentó junto a la puerta. No sabía qué debía hacer a continuación. La única pista que tenía se había esfumado. El tiempo le había ganado la partida una vez más.

—Hey, compadre –le dijo el vendedor–. No es para tanto. Vuelve mañana, la sinagoga no va a moverse del sitio esta noche.

—Mañana ya será tarde –respondió Jonathan con voz apagada.

Pero entonces se le ocurrió una idea.

—¿Tú estás aquí todos los días? –le preguntó al vendedor.

—Mañana y tarde –respondió él, recogiendo el toldo de su puesto–. Llueva, nieve o truene. Además de recuerdos, vendo los tiques para entrar en la sinagoga, ¿sabes? ¡Soy el primero en llegar y el último en marcharse!

—Entonces, tal vez conozcas a la persona que estoy buscando –dijo Jonathan, esperanzado–. Me han dicho que podría encontrarlo aquí. Se llama Nico.

La sonrisa del vendedor se esfumó.

—¿Y para qué lo buscas? –preguntó con cierta brusquedad.

Jonathan abrió la boca para contestar, pero no dijo nada. Su historia era demasiado increíble, y de pronto el vendedor ya no se mostraba tan amigable. Pero parecía claro que sí conocía a Nico, y Jonathan no podía dejar escapar una oportunidad así.

—Porque tengo que hablar con él –dijo con cautela–. Tengo un problema y me han dicho que él puede ayudarme.

El otro no dijo nada. Cerró el puesto y se acercó a Jonathan, muy serio. El chico quiso retroceder, pero el vendedor lo retuvo por el brazo y se sentó junto a él.

—Espera, amigo –le dijo–. Hablemos.

Jonathan se volvió hacia él con los ojos muy abiertos.

—¿Tú eres Nico?

El vendedor sonrió, mostrando una hilera de dientes blanquísimos que relucían en su morena cara.

—Así me llaman. Dime, ¿qué es tan importante?

—Yo... busco un reloj. El reloj Deveraux.

Nico se encogió de hombros.

—Yo no sé nada de relojes. ¿Quién te ha dicho que podría ayudarte?

Jonathan se lo dijo.

—Ese viejo entrometido –suspiró Nico–. No sé qué le ha hecho pensar que...

—Dijo que tú eres el único que ha logrado llegar hasta *ellos.*

Nico se abalanzó sobre Jonathan sin previo aviso, le tapó la boca con la mano y miró a su alrededor, temeroso. No había nadie más aparte de ellos en el patio, pero esto no pareció tranquilizarlo.

—¡¡Mmmpfff!! –protestó Jonathan.

—¡Ssssshhhh, silencio! ¿Es que quieres que nos oiga todo el mundo?

Jonathan se lo quitó de encima, exasperado.

—¡Pero si estamos solos!

—¡Calla! Tú no tienes ni idea. *Ellos* me buscan, ¿sabes? Porque una vez caminé por las sombras, como ellos. Y están en todas partes. Podrían estar observándonos ahora mismo.

—Aquí no hay nadie más, ¿sabes? Solo estamos nosotros dos.

Nico se volvió hacia él, con un nuevo brillo de sospecha en la mirada.

—¡Ajá! Entonces, ¡tú puedes ser uno de ellos!

—Eres un poco paranoico, ¿lo sabías?

—¿Cómo sabías que yo caminé por las sombras?

—¡Ni siquiera sé de qué me estás hablando! El relojero me ha dicho que hablase contigo.

—¿Y cómo lo sabía el relojero? ¡Vosotros dos... habéis venido de allí!

Jonathan se estaba cansando de perder el tiempo con aquel chiflado. En aquel momento, las campanas del convento anunciaron las ocho de la tarde. "El perro", pensó, angustiado. "El perro se inclina ante el emperador en el reloj de Qu Sui".

Se levantó de un salto y Nico retrocedió, asustado.

—¡No me hagas nada, por favor! –lloriqueó–. ¡Te prometo que nunca volveré a entrar!

—Entrar, ¿dónde?

Nico se había refugiado detrás de su tenderete y seguía gimoteando:

—¡Te prometo que no lo haré más! Mira, te lo devuelvo, ¿vale?

Jonathan vio que revolvía en una caja que había sacado de debajo del puesto. Estaba tan nervioso que sus dedos no lograban coger ningún objeto.

—Oye, mira... –empezó Jonathan.

—¡Tómalo y deja de atormentarme! ¡Ya no tengo nada vuestro, nada, nada, nada!

Le lanzó algo brillante. Jonathan trató de cazarlo al vuelo, pero se le escurrió entre los dedos. Lo recogió del suelo.

No era más que un viejo medallón de relieves gastados que parecían representar algún antiguo símbolo celta.

—¿Qué es esto?

Se volvió hacia Nico, pero este se había marchado.

—¡Oye, espera! –lo llamó Jonathan, pero nadie respondió.

El chico suspiró. Se guardó el medallón en el bolsillo y volvió a sentarse en el escalón de la entrada, abatido. De pronto, la ciudad parecía mucho más oscura y amenazadora que antes.

"¿Por qué me habrá dicho el relojero que tenía que hablar con Nico?", se preguntó. "Está claro que el tal Nico tiene algunos tornillos sueltos".

Volvía a estar como al principio.

Se levantó y se alejó de la sinagoga. Quiso volver a la relojería Moser, pero ya no fue capaz de encontrar el camino.

Anduvo sin rumbo fijo hasta que sus pasos lo llevaron hasta un mirador sobre el río. La vista que se dominaba desde allí era maravillosa. Al otro lado del río había montañas y campos, y el mundo parecía un lugar enorme y magnífico. Jonathan contempló en silencio cómo el sol se hundía tras las montañas.

Después dio la espalda al exterior y volvió a adentrarse por las calles de la ciudad, sintiendo que esta lo envolvía como una enorme telaraña.

Pronto, la penumbra se lo tragó.

Mientras tanto, no lejos de allí, alguien lo estaba observando. Para ellos no resultaba difícil ver en la distancia, y ahora seguían con atención cada uno de sus movimientos.

—Está aquí –dijo uno de ellos con voz neutra.

Los otros asintieron, como si aquellas dos palabras estuviesen cargadas de un sentido mucho más profundo.

—Es solo un muchacho –dijo otro.

—¿Crees que no representa ningún peligro? –replicó una tercera voz, una voz femenina, fría y cortante como el hielo–. No lo subestiméis por ser joven e inexperto. Ha llegado hasta aquí, y todos vosotros sabéis quién lo envía. Es un intruso. Nos encargaremos de él, igual que hicimos con los demás.

Ninguno de ellos replicó. Ante los ojos de aquellos seres, Jonathan vagaba sin rumbo por las calles de la ciudad, mientras la última uña de sol desaparecía tras las montañas.

5

Al atardecer, la ciudad era sombría y amenazadora, y espirales de húmeda niebla acechaban en las esquinas, dispuestas a tomar posesión de las calles cuando llegara la noche. Jonathan se sentía cada vez más abatido. Todos los comercios habían cerrado, y la ciudad parecía, de pronto, solitaria y abandonada. Las calles estaban mudas, desiertas, muertas, y le devolvían el eco de sus pasos, que resonaban como pisadas de ultratumba sobre el suelo empedrado.

Se detuvo de pronto. Le había parecido oír una risa femenina un poco más allá. Contento por haber encontrado al fin alguien a quien preguntar en aquella ciudad desierta, Jonathan dobló la esquina y miró a su alrededor.

Pero solo halló, una vez más, una calle completamente vacía.

—¿Buscabas a alguien, muchacho?

La voz había sonado muy cerca de él, y Jonathan dio un respingo, sobresaltado. Al volverse vio a un hombre apoyado en la pared.

—Lo siento. No le he oído llegar.

El hombre esbozó una sonrisa lobuna. Jonathan retrocedió un paso, instintivamente. Era un individuo muy extraño. Parecía joven, pero tenía el cabello completamente gris. Vestía una raída levita de color oscuro y sus ojos relucían con un leve brillo rojizo en la semioscuridad.

—¿Quién es usted?

—Eso depende de ti, Jonathan –dijo el hombre, separándose de la pared.

Jonathan retrocedió un poco más y lo miró con desconfianza.

—¿Cómo sabe mi nombre?

El desconocido hizo un gesto de impaciencia.

—¡Vamos, vamos, Jonathan! Me decepcionas. Un muchacho como tú, con el valor y la inteligencia necesarios para llegar hasta aquí... ¿Y solo se te ocurre preguntar eso?

Jonathan abrió la boca, pero no acertó a decir nada más.

—Mi nombre no importa, Jonathan –prosiguió el desconocido–. Tampoco importa lo que hago yo aquí. Lo realmente interesante para lo que nos atañe ahora es mi oficio. Me dedico a hacer tratos.

—¿Tratos? ¿Es usted comerciante?

El extraño lanzó una siniestra risa gutural.

—En cierto modo. Verás, es muy sencillo. Sé exactamente quién eres y lo que has venido a hacer aquí. Y estoy dispuesto a ofrecerte algo.

—¿El reloj Deveraux?

El desconocido ladeó la cabeza de una forma inquietante.

—Acércate –dijo, pero Jonathan se quedó donde estaba–. Ahora –insistió el otro, y sus ojos brillaron de tal modo que en esta ocasión el chico no se atrevió a desobedecer.

—¿Qué... qué es lo que quiere?

El hombre le mostró la palma de la mano. En ella apareció de pronto un reloj de arena cuyas partículas emitían un suave resplandor irisado que iluminó el rostro del sorprendido Jonathan. El desconocido hizo girar el reloj entre sus dedos y Jonathan observó, fascinado, cómo la arena tornasolada se deslizaba por el interior de su receptáculo de cristal.

—¿Qué es eso? –susurró.

—Es un reloj. En apariencia, un reloj de arena algo peculiar. Pero, querido muchacho, la Muerte posee millones de estos relojes, uno por cada individuo que nace sobre la Tierra. Cada uno de ellos tiene una cantidad determinada de arena. Cuando la arena de un reloj deja de caer, la Muerte va a buscar a la persona cuya vida acaba de terminarse. Lo que te ofrezco, Jonathan, es nada más y nada menos que el reloj de tu vida. Mientras lo tengas en tus manos y hagas correr la arena, vivirás, y la Muerte no podrá alcanzarte. Piénsalo bien: te estoy ofreciendo la inmortalidad.

Jonathan sacudió la cabeza, deshaciéndose del hechizo que producía en él la arena luminiscente, y lo miró, algo asustado.

—Está usted loco.

El desconocido suspiró con resignación.

—Muy bien –dijo, y el reloj desapareció.

Jonathan se sintió de pronto muy vacío y muy solo.

—¡Espere! –dijo casi sin darse cuenta, y el reloj volvió a aparecer en la mano del extraño, iluminando de nuevo el rostro del chico con su perturbador resplandor iridiscente–. ¿La inmortalidad, ha dicho? ¿Y qué quiere a cambio?

—Es sencillo –el reloj se deslizaba de nuevo entre sus dedos, hechicero, fascinante, y la arena tornasolada resbalaba sobre el cristal; en aquel momento, a Jonathan no le resultó nada difícil imaginar que estaba compuesta por miles de minúsculos granos de vida–. Un reloj a cambio de otro. Yo te doy esta maravilla y tú te olvidas para siempre del reloj Deveraux y me entregas la Puerta.

Jonathan no entendió las últimas palabras del desconocido, pero sí había captado perfectamente lo que le pedía a cambio.

—¡Pero no puedo hacer eso! Mi madrastra...

—Qué lástima –dijo el otro con voz monocorde; apartó un poco la mano y sus dedos volvieron a ocultar el reloj.

Jonathan sintió que lo inundaba una oleada de furia.

—¿Pero quién se ha creído que es usted? ¡No juegue conmigo! ¿Cree que sería capaz de marcharme y darle la espalda a Marjorie a cambio de un reloj con arena de colores? ¿Por quién me ha tomado?

—¡Ah! Bien, eres joven, puedo entenderlo. Pero la gente, sabes, suele tener un pánico horrible a la Muerte. Ella no tiene la culpa, claro, solo cumple con su trabajo. Pero los mortales os aferráis desesperadamente a la vida, sobre todo cuando la vejez y la enfermedad amenazan con precipitaros en los brazos de la Dama. Imagínate, Jonathan, dentro de varias décadas. Viejo, enfermo, solo. ¿Demasiado lejano en el tiempo? Bien, pues imagina entonces que ahora mismo tu cuerpo alberga la semilla de una enfermedad incurable, y tú no lo sabes. ¿Qué pensarías si un médico te dijese que vas a morir mañana? ¡Oh, no, no me lo digas, conozco la respuesta! Me buscarías desesperado, invocarías mi nombre y me rogarías que volviese a ofrecerte este preciado reloj. ¿No es así... Jonathan?

Jonathan se estremeció. Su mente había imaginado con espantosa claridad las situaciones que el desconocido le había descrito. Todavía temblaba. Por un momento había sentido que realmente iba a morir mañana.

El reloj volvía a deslizarse por entre los dedos de su interlocutor.

—¿Lo quieres?

Jonathan no dijo nada.

—Lo quieres –afirmó el desconocido–. Bien. No es difícil de conseguir. Entrégame la Puerta, da media vuelta y camina fuera de la Ciudad Antigua, y camina y camina, y no mires atrás. Al amanecer, el reloj será tuyo. Y seguirá en tus manos mientras tú y yo seamos buenos amigos, ¿me entiendes?

Jonathan se estremeció.

—Creo que no. ¿Qué quiere decir con eso de "buenos amigos"?

El desconocido sonrió de manera inquietante.

—Oh, nada demasiado comprometido. Yo te pediría algún pequeño favor, de vez en cuando...

Por alguna razón, Jonathan no se atrevió a pedirle que especificara más.

—¿Cómo sé que no me engaña? ¿Cómo puede demostrar que este es, realmente, el reloj de mi vida?

—Engañar está en mi naturaleza, Jonathan, pero siempre cumplo con lo pactado. Y no necesito demostrártelo: tú sabes que es cierto.

Jonathan contempló una vez más el reloj de arena. Lo sentía palpitar al ritmo de su propio corazón, y comprendió que, sin lugar a dudas, y por extraño e imposible que pareciese, aquel hombre le estaba diciendo la verdad. Con los ojos fijos en el reloj, se preguntó, maravillado, cómo sería vivir para siempre y poder asistir a los logros de la humanidad. Siempre se había preguntado cómo sería el mundo cien, doscientos, mil años después. Siempre había querido disponer del tiempo suficiente como para recorrer todos sus rincones y leer todos los libros que existían.

Sin embargo, había en aquel individuo algo demasiado inquietante como para confiar en su ofrecimiento. Un vago recuerdo de algo pasado había estado martilleándole en los límites de la conciencia, una y otra vez, desde que el desconocido pronunciara la palabra "inmortalidad". En aquel momento lo recordó con claridad.

Las palabras del marqués.

"Este reloj –había dicho– fue parte de un siniestro pacto. Una vez, un hombre vendió su alma al diablo a cambio de la inmortalidad. Le fue entregado este reloj, que mediría la duración de su vida. Mientras la arena corriese en su interior, el hombre viviría. Cuando la arena se detuviese, moriría. Lo único que tenía que hacer era darle la vuelta una y otra vez, hasta que se cansase de ser inmortal."

De golpe, Jonathan comprendió muchas cosas. Alzó la cabeza y miró fijamente al desconocido.

—¿Quién es usted?

—¿Qué importa eso? Lo importante, Jonathan, es lo que te estoy ofreciendo.

Jonathan dio un paso atrás.

—¡Aléjese de mí! ¡No quiero nada de usted!

El extraño suspiró de nuevo y se encogió de hombros. El reloj desapareció definitivamente.

—Tú lo has querido –dijo–. Lo haremos de la manera difícil.

Algo en su expresión alertó a Jonathan, lo cual fue una verdadera suerte, puesto que cuando el desconocido saltó sobre él con un escalofriante aullido, el chico ya había dado media vuelta y corría calle abajo con toda su alma.

Pero ello no le había impedido ver la pavorosa transformación de aquel hombre, que se había convertido en un horrible demonio cuyos ojos lucían como carbones encendidos. Ahora corría tras él con sus enormes alas membranosas desplegadas y su larga cola batiendo el aire.

Jonathan no quiso mirar atrás. Corrió y corrió, desesperado. Oyó un batir de alas tras él, y supo, horrorizado, que el demonio lo alcanzaría.

Desembocó en una plaza presidida por una imponente puerta gótica. Las agujas más altas del edificio parecían pinchar las primeras estrellas, pero Jonathan no se paró a mirarlas. La puerta estaba abierta; por ella se colaba un resquicio de luz.

Jonathan trató de alcanzar aquella puerta. El tiempo que tardó en cruzar la plaza se le antojó eterno. Cuando, con un chillido, el demonio cayó sobre su espalda y lo derribó, Jonathan dio de bruces contra la puerta de madera y se precipitó en el interior de la sala.

Y, de pronto, el demonio desapareció.

Jonathan no se atrevió a abrir los ojos hasta un par de minutos después, sorprendido de comprobar que seguía con vida.

Al mirar a su alrededor, lo comprendió.

La puerta que acababa de ceder bajo su empuje era la de la entrada principal de la catedral.

A Jonathan debería haberle extrañado que siguiese abierta a aquellas horas, pero había vivido tantas cosas extraordinarias en tan poco tiempo que ni siquiera se lo planteó. Cojeando, entró en la iglesia. Inmediatamente se vio bañado por la cálida luz de los cirios, y el silencio del templo lo envolvió y lo reconfortó, ahuyentando el terror que se había adherido a su piel y se había instalado en su corazón. Fuera lo que fuese aquella criatura que lo había atacado, parecía que no se atrevía a seguirlo hasta allí.

Jonathan nunca había sido muy religioso, pero avanzó hasta uno de los bancos y se sentó.

Cuando los latidos de su corazón recobraron su pulso habitual, miró a su alrededor. La catedral era inmensa, y estaba vacía. Su altísimo techo, sostenido por nervaduras entrecruzadas, se perdía en la penumbra. Poderosos pilares protegían la nave central y conducían hasta el altar al fiel que entraba allí buscando a Dios.

Jonathan suspiró casi imperceptiblemente. Entonces descubrió una nota de color en las primeras filas, y se dio cuenta de que no estaba solo. La figura que rezaba, arrodillada ante el altar, vestía unos pantalones vaqueros con peto sobre una camiseta de rayas. Llevaba el cabello pelirrojo peinado en dos trenzas que le caían sobre los hombros.

Jonathan no pudo ver su rostro, puesto que estaba de espaldas a él, pero tenía aspecto de ser una chica muy joven, probablemente una niña. "Tal vez debería imitarla", pensó. "Tal vez debería rezar, a quien quiera que pueda escucharme, para que todos salgamos vivos de esta locura".

Pero no se movió. Simplemente cerró los ojos y enterró el rostro entre las manos. "¿Qué debo hacer ahora?", pensaba. "¿Dónde he de buscar? ¿Cómo voy a defenderme de un demonio?".

Sintió de pronto una mano sobre su hombro, y se sobresaltó. Alzó la mirada y vio junto a él a la chica de la primera fila. Era mayor de lo que había supuesto, tal vez de su edad, pero la ropa que vestía era muy infantil. Sujetaba su cabello rojo con un pañuelo de colores chillones, que llevaba a modo de diadema. A la luz de los cirios, sus ojos tenían una tonalidad indefinida.

—Van a cerrar -dijo ella en voz baja.

Jonathan no se movió. El pánico lo inundó de nuevo. Si salía de la catedral, el demonio podía atacarlo de nuevo.

—Vamos -insistió la chica-. ¿No me has oído? ¿O es que no hablas mi idioma?

—No quiero salir -dijo Jonathan.

Inmediatamente se sintió estúpido. En aquel lugar el demonio parecía lejano e irreal, y él sabía que la muchacha no iba a creerlo si le explicaba todo lo que le había pasado.

—Pues no van a dejar que te quedes aquí, ¿sabes?

Un poco a regañadientes, Jonathan asintió y se levantó en silencio. Los dos salieron de la catedral.

De nuevo en la plaza, la chica aspiró el aire del crepúsculo. Jonathan no se atrevió a separarse del umbral, aunque la puerta se cerró tras él, sobresaltándolo. Entonces se dio cuenta de que ya casi era de noche. Desalentado, se sentó en el escalón de la puerta gótica y dejó caer los hombros.

—¿Te encuentras bien? -dijo ella.

Se había acuclillado junto a él, y lo observaba con

curiosidad, ladeando la cabeza, con los ojos muy abiertos, como una niña pequeña.

—Me llaman Emma –se presentó–. No eres de aquí, ¿verdad? ¿Te has perdido?

—No... bueno, sí. No lo sé.

—¿No lo sabes? ¿Adónde quieres ir? Conozco la ciudad como la palma de mi mano –sonrió–. Puedo llevarte a donde quieras en un santiamén.

—Si supiera adónde ir, serías de mucha ayuda –dijo Jonathan, de mal humor–; pero tengo que encontrar una cosa, y no sé dónde buscarla. Y además...

Se quedó callado. No se atrevía a hablarle del demonio que le había ofrecido la inmortalidad encerrada en un reloj de arena.

La sonrisa de Emma se ensanchó.

—¡Entonces, yo sé quién te puede ayudar!

Jonathan la miró interrogante, pero ella no dijo más. Se levantó de un salto y se alejó unos pasos. Se detuvo y se volvió hacia el chico.

—¿A qué esperas? ¡Vamos!

—¿Adónde?

Emma hizo un gracioso gesto de enfado.

—¡Pero si ya te lo he dicho!

Jonathan abrió la boca para replicar, pero ella lo cogió por las manos sin previo aviso y tiró de él para levantarlo.

—¡Hey! ¿Qué haces?

—¡Arriba, arriba, que se hace de noche! –canturreó Emma–. Si no nos damos prisa, ella se irá a otro sótano, y ya no podremos encontrarla.

—¿Quién se irá?

—¡Ella! La mujer que tiene respuestas para todas las preguntas –sonrió de nuevo–. Bueno, para casi todas –lo miró, divertida–. Si no tienes la menor idea de dónde buscar, entonces no pierdes nada por preguntarle, ¿verdad?

Jonathan lo pensó. En algún lugar de la noche se ocultaba un demonio que quería matarlo, pero él había rechazado la inmortalidad para continuar con su búsqueda, y no lograría nada quedándose bajo la sombra de la catedral mientras el tiempo pasaba y el reloj de Qu Sui sorbía lentamente el alma de Marjorie. Por otro lado, aunque pudiera parecer cobarde, si tenía que alejarse de la catedral, prefería estar acompañado que sumergirse de nuevo solo en la oscuridad.

—Supongo que no –dijo por fin, encogiéndose de hombros.

Procurando no perder de vista la colorida silueta de Emma, Jonathan volvió a adentrarse en las oscuras y laberínticas calles de la ciudad.

El marqués recorría pensativo el Museo de los Relojes. Varias veces al día examinaba todos y cada uno de ellos para asegurarse de que funcionaban perfectamente y no había una sola mota de polvo en ningún mecanismo. Era una tarea lenta y pesada, pero el marqués la emprendía cada día con igual mimo y entusiasmo. Se detuvo un momento en el centro de la sala.

Eran casi las diez.

En aquel momento, Basilio entró en la estancia. El marqués lo vio, pero no le prestó atención. El viejo mayordomo se quedó en la puerta, esperando.

Entonces, los relojes dieron las diez.

De nuevo aquel estruendoso coro de campanadas y cucús se apoderó de la sala. El marqués ladeó la cabeza, cerró los ojos y lo escuchó, extasiado. Basilio seguía esperando.

Cuando todo volvió a la normalidad, el marqués abrió los ojos y murmuró:

—¿Sabes por qué me gustan los relojes, Basilio?

El mayordomo lo sabía muy bien, pero calló. También sabía que al marqués le gustaba responder él mismo a aquella pregunta.

—Me gustan los relojes –prosiguió el marqués– porque me recuerdan que existe el tiempo.

Basilio desvió la mirada. El marqués pareció volver a la realidad. Se volvió hacia el mayordomo, y este supo que había captado su atención.

—Señor –carraspeó–, el señor Hadley desea hablar con usted.

El marqués frunció el ceño.

—¿Hadley? Es decir, que ya se ha cansado de lloriquear...

Basilio carraspeó de nuevo y se hizo a un lado. Un Bill Hadley hosco y pálido entró en la sala tras él.

—Marqués –dijo–. ¿Dónde está mi hijo?

—Ha tardado en percatarse de su ausencia, ¿verdad? Su hijo ha ido a buscar algo para mí. Algo que podría salvar el alma de su esposa.

Bill abrió la boca. Parecía que iba a responder con uno de sus exabruptos, pero se lo pensó mejor y preguntó, con toda la educación de que fue capaz:

—Y... eh... ¿cuánto cree que tardará... señor marqués?

El marqués sonrió levemente.

—Tendría que estar de vuelta antes del amanecer. Si no, me temo que será demasiado tarde para Marjorie.

Observó cómo se iba dibujando la ansiedad en el rostro de Bill Hadley mientras su mente asimilaba aquella información.

—¿Qué... qué es eso que tiene que buscar?

El marqués sonrió de nuevo.

—Un reloj. No, no me mire de esa forma. Si un reloj ha robado el alma de su esposa, no es descabellado pensar que otro reloj podría devolvérsela. Venga conmigo; se lo explicaré con más calma, ya que veo que ahora sí está usted dispuesto a escuchar, y de paso veremos qué tal le va al joven Jonathan en la Ciudad Antigua.

Bill siguió al marqués de nuevo hasta la cámara de los relojes extraordinarios. Marjorie continuaba inconsciente, en la misma posición en que su marido la había dejado, pero en el reloj de Qu Sui la figurilla del jabalí se alejaba lentamente del emperador.

El marqués se detuvo, y Bill estuvo a punto de tropezar con él. Retrocedió unos pasos cuando vio que se había parado frente al reloj de péndulo de Barun-Urt.

—Hace usted bien –dijo el marqués con una risa breve–. Pero no se vaya demasiado lejos, o no verá nada.

Bill iba a replicar, pero se percató entonces de que el marqués estaba muy interesado en la esfera del reloj.

—¿Qué está haciendo? ¿Por qué...?

—El reloj de Barun-Urt es una ventana abierta al espacio-tiempo. Ni yo mismo he descubierto aún todas sus posibilidades, pero no creo que tenga a mal mostrarnos algo tan modesto como el presente de un muchacho que se mueve cerca de nosotros, al otro lado del río.

A medida que iba hablando, algo extraño sucedía en la esfera del reloj, que cambió de tonalidad varias veces. Los números y las manecillas se difuminaron hasta desaparecer por completo, y la esfera se convirtió en una especie de pantalla circular en la que una imagen oscura fue cobrando cada vez más nitidez.

Bill jadeó, sorprendido.

La esfera del reloj mostraba a dos jóvenes caminando bajo las estrellas por calles húmedas y empedradas. Uno de ellos era Jonathan.

—¡Es... mi hijo!

—El muy condenado ha pasado –murmuró el marqués, con una extraña sonrisa de satisfacción–. Es más listo de lo que yo creía.

—¿Quién es ella? –preguntó Hadley.

Los ojos del marqués se clavaron en la imagen de Emma, que se estremeció casi imperceptiblemente, como si hubiese sentido su mirada.

6

JONATHAN se paró de pronto y miró a su alrededor, desolado. Se sentía completamente perdido. Todo estaba oscuro, y el chico se preguntó si era normal que no hubiese iluminación en aquella zona de la ciudad. Emma se volvió para mirarlo.

—¿Qué pasa?

—Oye –jadeó Jonathan–. Todas las calles parecen iguales. ¿Estás segura de que sabes adónde vas?

Ella se detuvo de pronto y se volvió hacia él, con los ojos centelleantes. Parecía ofendida.

—Claro que sí. Vivo aquí desde hace mucho tiempo, ya te lo he dicho. ¿Qué te pasa? ¿Es que no te fías de mí?

—No es eso –lo cierto era que Emma le parecía la única persona normal de todas las que había conocido en la Ciudad Antigua–. Es que me da la sensación de haber pasado varias veces por el mismo sitio.

Emma rió alegremente.

—Eso es porque todas las calles son muy parecidas, y además no hay farolas en esta parte de la ciudad. Tú mismo lo has dicho. A los que no son de aquí les resulta muy fácil perderse. Pero no te preocupes, estamos llegando ya. ¿Ves esa luz? Es ahí.

Jonathan miró hacia donde ella le señalaba. Un poco más allá, un leve resplandor violáceo iluminaba el callejón. Al acercarse, el chico vio que la luz provenía de un ventanuco a ras de suelo. Quiso asomarse a mirar, pero Emma tiró de él hasta una escalera que bajaba hacia un sótano. Descendieron por ella hasta llegar a una puerta pequeña y oscura que olía intensamente a algo parecido a hierba mojada.

—Hiedra, déjanos pasar –dijo Emma.

Algo se movió junto a la puerta, y Jonathan vio entonces que, en el suelo, junto al umbral, estaba sentada una mujer pequeña y arrugada que se envolvía en un lío de mantas verdes.

—¿Quién es? –preguntó con voz apagada–. Oh... –dijo al ver a Emma–. Disculpad.

Se hizo a un lado con presteza, y el olor a hierba mojada la siguió. Un rayo de luna se reflejó en su cara, y a Jonathan le dio la sensación de que su piel tenía un cierto tinte aceitunado.

—¿Habéis venido a verla a ella? –preguntó Hiedra.

—¿Puede recibirnos? –preguntó Emma a su vez.

—Sabes que sí –sus ojillos, brillantes y oscuros, se fijaron en Jonathan, que se removió, incómodo–. ¿Y él?

—Viene conmigo –replicó Emma, como si eso lo explicase todo.

Hiedra no dijo más. Se levantó pesadamente –Jonathan se apartó para dejarla pasar– y subió con lentitud las escaleras hasta la calle, arrastrando su fardo de ropa tras de sí.

Emma esperó a que se alejara. Cuando Hiedra desapareció en la oscuridad, aquel peculiar olor se fue con ella.

—Bien, listo –suspiró Emma.

Empujó la puerta y esta se abrió. Entró en la habitación que había detrás. Jonathan la siguió hasta un vestíbulo oscuro.

—Hum... ¿Emma?

—¿Sí?

—Esa mujer...

—¿Quién, Hiedra?

—Sí, ella... ¿no era un poco rara?

—No le hagas caso, no es mala gente. Solo se siente un poco perdida. Destruyeron su bosque, ¿sabes? Incendios, talas, todo eso. Se ha refugiado aquí, pero sabe que no puede quedarse para siempre. Lo que pasa es que tiene miedo de volver a empezar en otro bosque. Por si le vuelve a pasar.

—Ah, claro –murmuró Jonathan–. Comprendo.

Pero lo cierto era que no comprendía gran cosa. Quiso hacer más preguntas, pero Emma seguía avanzando, y Jonathan no tuvo más remedio que ir tras ella.

El vestíbulo dio paso a una pequeña sala de techo bajo, iluminada por aquella luz violácea que el chico había distinguido desde la calle, y que provenía de un buen número de extrañas velas de llama azulada que se hallaban desperdigadas por toda la habitación. Gruesas alfombras recubrían el suelo, y tapices de intrincados dibujos decoraban las paredes. Los únicos muebles eran una pequeña mesa redonda, cubierta por un paño de terciopelo, y tres taburetes. En uno de ellos se sentaba una mujer cuyo rostro quedaba velado por las sombras.

—Buenas noches –saludó Emma educadamente.

—Buenas noches –respondió la mujer con voz suave–. Pasad y tomad asiento.

Obedecieron. Cuando ambos estuvieron sentados frente a la mesa, Emma dijo:

—Este chico anda buscando algo. ¿Puedes ayudarlo?

La mujer no dijo nada, pero se inclinó ligeramente hacia adelante para verlos mejor, y Jonathan pudo apreciar entonces sus rasgos. Tenía el rostro ovalado y los ojos ligeramente achinados, y llevaba el pelo muy corto y de color violeta, como la luz que emitían las velas.

—¿De verdad puede ayudarme?

—Puedo decirte quién eres, de dónde vienes y adónde vas –respondió la mujer–. No sé si eso te servirá de algo.

Jonathan se encogió de hombros.

—Busco un reloj –dijo–. Lo llaman el reloj Deveraux, y es muy importante que lo encuentre antes del amanecer. Sé que parece una locura, pero si usted puede darme alguna pista...

Jonathan se calló de pronto al darse cuenta de que la mujer no lo escuchaba. Se sintió molesto al principio, pero entonces vio que parecía muy concentrada en algo que tenía entre las manos, y la observó con curiosidad.

La vio barajar un mazo de cartas y depositarlo frente a él.

—Corta –dijo solamente.

Jonathan obedeció automáticamente. Entonces la mujer tomó de nuevo la baraja y comenzó a disponer las cartas sobre la mesa. Jonathan vio que eran cartas del tarot.

—¿Qué... qué se supone que está haciendo?

Ella siguió colocando las cartas, sin prestar atención al tono indignado del muchacho.

—¿Va a leerme el futuro en las cartas? –casi gritó Jonathan–. ¿Me juego la vida buscando un reloj y a usted solo se le ocurre echarme las cartas?

Emma cogió a Jonathan por el brazo, con firmeza.

—Cállate, Jonathan. Vas a ofenderla.

Pero la mujer no parecía ofendida. Centraba su atención en la disposición de las cartas.

—Esto es increíble –bufó Jonathan, de modo muy parecido a como solía hacerlo su padre–. Me has traído a ver a una adivina.

—La Echadora de Cartas es mucho más que una adivina –replicó Emma–. Sabes, hubo una época en que había sibilas y profetisas, y la gente importante no se atrevía a tomar decisiones serias sin consultar con ellas.

Jonathan abrió la boca para decir algo, pero la Echadora de Cartas alzó una mano, pidiendo silencio, aunque sin apartar la vista de los naipes que había colocado sobre la mesa. Jonathan suspiró con impaciencia.

—Perdido y sin rumbo –dijo entonces la mujer.

—¿Cómo dice?

Pero ella seguía concentrada en las cartas. Había nueve, y estaban dispuestas en forma de cruz. La carta colocada en la intersección de los dos brazos de la cruz representaba a una especie de bufón que caminaba con un hatillo al hombro.

—Es el Loco –dijo Emma; miró a la Echadora de Cartas–. El Loco es quien va perdido y sin rumbo, ¿verdad?

Ella asintió.

—Se trata de una criatura que parece no vivir en la realidad; una criatura a quien nadie toma en serio, y que vaga de un lado a otro sin saber qué busca, ni adónde quiere llegar.

Alzó la cabeza y sus ojos, de un extraño color violeta (¿sería un reflejo de la luz de las velas?), se clavaron en él.

—El Loco eres tú, muchacho.

—Yo sé lo que busco –protestó Jonathan.

—Tú crees saber lo que buscas –corrigió la mujer–, pero no lo sabes en realidad. Y andas vagando de un lado a otro... Pero hay más. Mucho más.

Volvió a estudiar las cartas.

—Un hombre poderoso y dominante controla tu pasado reciente.

—¡El Emperador! –susurró Emma.

Le mostró a Jonathan la primera carta del brazo horizontal de la cruz. Representaba a un rey, con cetro y corona.

Por alguna razón, Jonathan no pudo evitar pensar en el marqués. Miró las cartas con más atención y se estremeció al ver la que había entre el Emperador y el Loco.

Era el Diablo.

Sacudió la cabeza. No era más que una casualidad. La Echadora de Cartas seguía inclinada sobre el tapete, y su rostro mostraba una expresión de profunda concentración.

—El presente del Loco no es favorable –susurró–. El Mal ronda en torno a él. Y hay alguien que quiere confundirle y engañarle.

—¿Es el Diablo? –preguntó Emma; parecía fascinada con todo aquello–. ¡Oh, no, ya veo! Jonathan, tienes a la Luna justo sobre tu cabeza.

Señaló la carta que había justo sobre la del Loco. En una estampa nocturna, dos perros aullaban a una Luna que los observaba clavada sobre el cielo de la ciudad.

—La Luna cambia, varía, se muestra y se oculta –asintió la Echadora de Cartas–. La Luna es engañosa. Ella es, en gran medida, la responsable del estado de confusión del Loco.

—La Luna –repitió Jonathan, como para asegurarse de que había oído bien.

—La Luna es hermosa, sí –prosiguió la Echadora

de Cartas, impertérrita; si había percibido el escepticismo de Jonathan, o no le importaba o lo disimulaba realmente bien–. Pero poco fiable como guía. Todo viajero sabe que las estrellas son la luz que lleva a buen destino –añadió, volviendo la mirada hacia Emma.

La chica parecía, sin embargo, más interesada en las cartas.

—Echadora, ¿qué es eso? –preguntó, señalando la carta que estaba justo bajo el Loco–. No será la Muerte, ¿verdad?

La adivina asintió sin una palabra. Jonathan reparó entonces en la carta que representaba al esqueleto con guadaña. Un tenso silencio había caído sobre la habitación, y Jonathan trató de quitarle seriedad al asunto.

—Bien, me alegro entonces de tener la Muerte a mis pies y no sobre mi cabeza.

—Pero ten cuidado, hijo –dijo la Echadora de Cartas–. La Muerte, la Luna y el Diablo rondan al Loco esta noche. No son buenos augurios.

Jonathan miró a Emma, y le sorprendió ver que parecía muy impresionada; incluso había palidecido.

—Oye, ¿qué te pasa? No creerás que voy a morir esta noche, ¿verdad?

Pero recordó al demonio y se estremeció.

Emma reaccionó y le brindó una cálida sonrisa que a Jonathan le pareció encantadora.

—Es que a mí nunca me ha salido esa carta. Por eso me he asustado un poco al verla.

—Bueno, pues olvidémonos de ella –decidió Jonathan–. ¿Qué hay de las otras cartas? ¿Todas las de la fila vertical hablan de mi presente? ¿Y eso es un hombre ahorcado?

Señaló la carta que había bajo la de la muerte, y que representaba a un hombre que colgaba de una cuerda cabeza abajo.

—El Colgado es un ser que intenta avanzar hacia adelante, pero que se ha quedado estancado en alguna parte –susurró la Echadora de Cartas–, porque ha dejado un asunto pendiente. Es alguien fuera de lugar, en un tiempo que no le corresponde. Se ha quedado anclado en un punto del camino y no logrará avanzar hasta que no solucione aquello que quedó por resolver. El Colgado es otra de las criaturas que pueblan el presente del Loco.

Jonathan iba a preguntar qué tenía que ver con él el Colgado, pero Emma había concentrado su atención en la última carta de la fila vertical. Representaba a un hombre que trabajaba con diversos objetos sobre una mesa.

—El Mago es una buena influencia, ¿verdad? –dijo.

—La carta está colocada en el extremo opuesto a la de la Luna –murmuró la adivina– y, aunque la Luna esté más cercana al Loco, el Mago también puede dejar sentir su poder.

—¿Qué es exactamente el Mago? –quiso saber Jonathan.

—Un hombre que trabaja y hace maravillas –fue

la respuesta–. El Mago ha encontrado respuestas en su corazón y las aplica en el mundo real, creando objetos prodigiosos que son una muestra de su entusiasmo por los misterios de la vida. El Mago puede enseñar al Loco cuál es su verdadero camino.

La Echadora de Cartas calló. Entonces Jonathan dijo:

—Si es ese mi futuro, lo siento, pero no me ha aclarado nada. Yo solo quería saber...

—No –cortó Emma–. El Emperador y el Diablo señalan tu pasado reciente. La Luna, la Muerte, el Colgado y el Mago giran en torno a tu presente. Pero estas dos últimas cartas –señaló las del brazo derecho de la cruz– marcan tu futuro.

Jonathan miró a la Echadora de Cartas, pero a ella no parecía importarle que Emma se entrometiese. El chico se inclinó sobre las cartas con curiosidad. La que estaba inmediatamente a la derecha del Loco representaba a un grupo de personas que parecían despertar al sonido de la trompeta que tocaba un ángel que bajaba de las alturas. La siguiente carta mostraba a un hombre viejo con túnica, tal vez un monje o un sabio, que sostenía un farol en alto.

—El Juicio y el Ermitaño –susurró Emma.

—Tu futuro está marcado por un despertar, un cambio –dijo la Echadora de Cartas–. Se trata de una toma de conciencia, pero también una decisión que puede afectar seriamente al destino del Loco... para bien o para mal.

—Pues qué bien –comentó Jonathan, con escaso entusiasmo.

—La decisión correcta –añadió la Echadora de Cartas; su voz parecía el suave ronroneo de un gato– puede conducirte a una persona que tiene las respuestas a tus preguntas. Se trata de un ser con buenas intenciones, pero entregado a su búsqueda.

—¿Búsqueda de qué?

—De respuestas. De soluciones. De sí mismo. El Ermitaño es un hombre bueno, pero torturado por las dudas. Es alguien que busca fuera de sí mismo lo que debe buscar en su interior.

—Me recuerda un poco a mí mismo –comentó Jonathan–. ¿Está usted segura de que yo soy el Loco y no el Ermitaño?

—El Ermitaño –prosiguió ella sin hacerle caso–, es el final del camino. La Muerte, el Diablo, la Luna... son obstáculos que el Loco encontrará en su camino, y que pueden hacerle tropezar; pero, si los supera, estará preparado para enfrentarse al Juicio. Y detrás del Juicio está el Ermitaño. Las preguntas del Ermitaño son las respuestas del Loco. Las preguntas del Loco son las respuestas del Ermitaño. Ambos seres deben encontrarse para que el círculo se cierre.

Jonathan cerró los ojos y respiró hondo una, dos, tres veces. Después los abrió de nuevo, se levantó bruscamente y dijo:

—Si eso es todo, me temo que los dos hemos perdido el tiempo. Si sus cartas no pueden contarme nada acerca del reloj Deveraux, entonces no me sirven de gran ayuda. Mi madrastra se está muriendo, y el tiempo se agota, así que adiós. Me marcho.

Dio media vuelta y atravesó la estancia hasta el vestíbulo. Abrió la puerta y empujó sin querer a Hiedra, que había vuelto a acomodarse al pie de las escaleras. La mujer, sin embargo, estaba profundamente dormida, y no pareció notarlo. Jonathan saltó por encima del fardo de ropajes que la envolvía, subió corriendo las escaleras y se encontró de nuevo en la calle.

—¡Una adivina! –resopló Bill Hadley–. ¡Marjorie está al borde de la muerte y a mi hijo solo se le ocurre consultar a una adivina! ¡Ese inútil cabeza hueca...!

El marqués se volvió para mirarlo largamente, como evaluándolo.

—¿Cree que usted lo haría mejor?

—¡Por supuesto que sí! Mi hijo, sabe, es un buen chaval, pero con la cabeza llena de pájaros. No se le puede confiar nada importante. Por mucha buena voluntad que ponga, no tiene agallas, no tiene temple para terminar nada. Y mucho menos...

—Entonces, vaya usted mismo a buscar el reloj Deveraux –sugirió el marqués.

Bill vaciló. Echó un vistazo al cuerpo inerte de Marjorie. No quería dejarla sola en aquel tétrico Museo de los Relojes. El marqués volvió a centrarse en la imagen de la esfera.

—No se moleste, señor Hadley –dijo con voz neutra–. No pierda el tiempo. Usted no lograría llegar a donde se encuentra Jonathan. Me temo que el alma de su esposa depende de él.

Bill hinchó el pecho, herido en su orgullo.

—¿Por quién me toma? ¡Ya le he dicho que mi hijo es un inútil! A estas alturas, yo ya habría encontrado ese reloj. ¡Y se lo demostraré!

El marqués se volvió de nuevo hacia él y lo observó detenidamente.

—¿Está usted seguro de lo que dice?

—Completamente. Y ahora dígame, ¿qué aspecto tiene ese condenado reloj?

El marqués no respondió, pero clavó la vista en el reloj de Barun-Urt. Casi inmediatamente, la imagen cambió para mostrar una curiosa escena: el interior de una enorme sala, lujosamente adornada, de techos altos y grandes ventanales, llena de gente y presidida por un estrado con una mesa cubierta por un mantel de terciopelo. Hadley se acercó para mirar.

—¿Qué es eso, una fiesta de disfraces? –preguntó, ceñudo, al ver las pelucas y las calzas que lucían los hombres, y las largas faldas de los trajes de las señoras.

El marqués sonrió indulgentemente.

—No, señor Hadley, no es una fiesta de disfraces. Lo que está usted viendo es algo que sucedió en el pasado. La última vez que el reloj Deveraux fue visto por ojos humanos. Hace casi tres siglos.

Bill Hadley observó la escena con más interés.

—Parece una subasta.

—*Es* una subasta –corroboró el marqués–. Fíjese en el objeto que sale a continuación.

Hadley vio cómo colocaban sobre el mantel un deslumbrante reloj de mesa, adornado con figuras de oro y cuajado de piedras preciosas.

—El reloj Deveraux –dijo el marqués, y sus palabras terminaron en una especie de suspiro anhelante.

Hadley había abierto unos ojos como platos.

—¿Es de oro puro?

—Sí, pero eso es lo que menos debería importarle a usted ahora. Su verdadero valor radica en que es capaz de contrarrestar los efectos del reloj de Qu Sui. No lo olvide.

Hadley se volvió hacia el marqués, suspicaz.

—¿Cómo sé que no me engaña?

—No puede saberlo. Pero de todos modos no tiene elección, ¿verdad?

Hadley abrió la boca para replicar, pero sus ojos se posaron en el cuerpo yacente de Marjorie y en el terrorífico orbe desde donde él la había oído pedir ayuda. Palideció sin poder evitarlo.

—Ya he respondido a su pregunta –dijo entonces el marqués–. Ya sabe cómo es el reloj Deveraux. ¿Todavía quiere ir a buscarlo?

La imagen del Barun-Urt volvió a cambiar, y su esfera mostró de nuevo las oscuras calles de la ciudad que escondía el secreto de aquel extraordinario reloj.

Hadley vaciló un momento, pero no tardó en presentar de nuevo su aspecto altanero y desafiante.

—Por supuesto. Y le aseguro que no tardaré en volver.

El marqués no se movió ni dijo nada mientras Bill se acercaba a despedirse de Marjorie –evitando mirar la niebla cambiante del orbe del reloj– y se encaminaba a la puerta de la habitación. Pero una vez allí, el padre de Jonathan se volvió de nuevo hacia él.

—Señor marqués... siento curiosidad por esa imagen de la subasta que me ha mostrado. El tipo de la primera fila se parecía bastante a usted.

—¿De veras? –replicó el marqués con calma, sin apartar la vista de la esfera del reloj–. Tal vez fuera un antepasado mío. La pasión por los relojes me viene de familia, ¿sabe?

Bill fue a decir algo, pero finalmente se encogió de hombros y salió de la habitación. El marqués no se movió, y tampoco hizo el menor gesto cuando oyó cerrarse la puerta principal, ni cuando entró Basilio a comunicarle que el señor Hadley se había marchado. Sus ojos seguían fijos en la esfera del reloj, donde Emma corría tras Jonathan para alcanzarlo.

—Esa chica... –dijo solamente.

A Basilio no le gustó el tono de su voz.

7

—¿SE puede saber qué te pasa? –dijo Emma; sus ojos echaban chispas–. Has sido muy grosero con ella, ¿sabes?

—¡Déjame en paz! –Jonathan se la sacudió de encima bruscamente–. ¡Las dos estáis locas! Todas esas tonterías sobre el Juicio, el Loco, la Muerte...

—¡No son tonterías! –protestó Emma–. ¡Y no deberías hablarme así! ¡Solo intentaba ayudarte!

Jonathan abrió la boca para replicar, furioso, pero se lo pensó mejor. Se dio cuenta de que Emma tenía razón. Él, que siempre había creído en lo mágico y lo extraordinario, se estaba comportando como habitualmente lo hacía su padre, que era prosaico y escéptico.

—Lo siento, estoy muy nervioso –dijo–. Sé que te parecerá una locura, pero estoy buscando un antiguo reloj, y he de encontrarlo antes del amanecer. Si no lo hago, mi madrastra...

Lo interrumpió el sonido de pasos apresurados que se acercaban por el callejón. Los dos se giraron y vieron a un hombre que corría hacia ellos. Jonathan retrocedió instintivamente, pero Emma se quedó donde estaba y observó al desconocido con curiosidad. Este reparó en los dos chicos y se detuvo junto a ellos para recobrar el aliento.

—Buenas... noches –jadeó.

Jonathan lo observó con atención y algo de cautela. Era un hombre joven y vestía ropa cara, pero iba bastante desaliñado, con el pelo largo y despeinado, sin afeitar y con la camisa por fuera de los pantalones.

—Buenas noches –dijo Emma; Jonathan se dio cuenta de que no le quitaba ojo de encima al recién llegado. Por algún motivo, parecía muy intrigada.

El joven se enderezó, ya recuperado de su carrera. Se volvió para atisbar la entrada del callejón.

—Le he vuelto a dar esquinazo –dijo, muy ufano.

—¿A quién? –preguntó Jonathan.

—Pues a ella, claro –respondió el desconocido, como si fuera obvio; observó a los chicos atentamente–. Porque también vosotros habéis llegado hasta aquí huyendo de la Dama, ¿no?

Emma seguía mirándolo, pero cuando el joven pronunció esas últimas palabras sus ojos se abrieron como si acabara de comprender algo importante.

—¡Ah! –dijo significativamente.

—Yo no estoy huyendo –dijo Jonathan, que cada vez entendía menos–. Solo estoy buscando algo. ¿Quién eres tú?

El desconocido se irguió y lo miró con gravedad.

—Soy un fugitivo, y por eso prefiero no desvelar mi nombre. De momento, llamadme Nadie.

—¿Nadie? –repitió Jonathan; estaba empezando a pensar que se las estaba viendo con otro loco, y se preguntaba por qué la adivina se había empeñado en decir que el Loco era él.

El joven asintió.

—Soy Nadie. Y si la veis a ella, y pregunta por mí, no me conocéis, ¿de acuerdo?

—Pero, ¿quién te persigue? ¿Para qué?

Nadie lo miró de hito en hito.

—¿En qué mundo vives, chico? ¿No conoces el secreto de la Ciudad Oculta? ¡Debes conocerlo, puesto que, si has llegado hasta aquí, es porque tienes una Puerta!

Jonathan retrocedió un paso.

—No sé de qué me estás hablando. Yo he venido aquí buscando un reloj, nada más.

El hombre llamado Nadie rió.

—Eso es absurdo. *Ellos* no necesitan relojes.

—Pero, ¿quiénes son *ellos*?

—Los Señores de la Ciudad Oculta. La Ciudad Oculta –repitió Nadie, al ver que Jonathan no parecía entenderle–. La otra cara de la Ciudad Antigua. Es... es... es como su sombra, su reflejo. Cuando paseas por la Ciudad Antigua, de alguna manera atraviesas también la Ciudad Oculta, solo que no la ves, ¿comprendes?

Jonathan negó con la cabeza. Nadie le echó una mirada llena de disgusto.

—No me lo puedo creer. Tardé años en descifrar la leyenda de la Ciudad Oculta, tardé años en encontrar la manera de entrar... ¿y tú has llegado aquí y no sabes que estás aquí? –metió los dedos bajo el cuello de la camisa y extrajo una cadena–. ¡Mira esto! Es una Puerta. No me dirás que no has visto antes nada así, ¿verdad?

Jonathan se acercó con precaución. Descubrió que se trataba de un amuleto antiguo con un símbolo celta grabado. El chico frunció el ceño.

—Sí, me han dado algo parecido esta tarde. ¿Pero qué...?

—¡Acabáramos! –exclamó Nadie; miró a Jonathan y esbozó una sonrisa de complicidad–. Chico, la mayoría de la gente mataría por tener algo así. La Ciudad Oculta...

—Mira –cortó Jonathan, perdiendo la paciencia–. No sé de qué me hablas. Para cualquier cosa relacionada con este lugar, pregúntale a ella, vive aquí.

Nadie miró entonces a Emma como si la viera por primera vez.

—Tú sí sabes de qué estoy hablando, ¿verdad?

Emma asintió lentamente. Tenía los ojos muy abiertos.

—Es inútil –susurró–. No podrás escapar de ella. Si ha llegado tu hora, ella te alcanzará, estés donde estés.

La sonrisa de Nadie se esfumó.

—¡No es verdad! No trates de engañarme. Sé lo que pasa aquí. Sé que ella no tiene poder en la Ciudad Oculta.

Emma negó con la cabeza.

—Otros han intentado lo que tú, sin éxito. Es cierto que ella no tiene poder aquí. Pero encontrará la manera de llegar hasta ti.

Nadie retrocedió un poco. Miraba a Emma de tal manera que Jonathan no pudo evitar sentirse inquieto.

—No... no te creo –balbuceó débilmente–. Yo no soy como los otros. Yo lo conseguiré.

Emma lo miró a los ojos.

—Entonces, corre –dijo–. Ella está cerca.

Nadie retrocedió unos pasos más y echó a correr. Emma y Jonathan se lo quedaron mirando hasta que lo perdieron de vista.

El marqués sonrió.

—Otro tonto que busca refugio en la Ciudad Oculta. Cuándo aprenderán...

—¿Señor? –inquirió Basilio, inseguro; se había quedado en la puerta, sin atreverse a entrar en la cámara de los relojes extraordinarios, pero lanzaba constantes miradas a uno de los relojes de arena.

—Pero nos viene que ni pintado –prosiguió el marqués–. Puede que el señor Hadley sí logre cruzar al otro lado, después de todo. Con un poco de ayuda por nuestra parte, por supuesto.

A la vez que pronunciaba estas palabras, el gato negro del marqués se deslizaba en el interior de la habitación para ir a frotarse contra sus piernas. Este se agachó y lo cogió en brazos, mirándolo a los ojos. La cabecita del gato quedaba muy cerca de su rostro.

—Ya sabes lo que tienes que hacer –susurró el marqués.

Situó al gato frente a la esfera del reloj de Barun-Urt, que en aquel momento mostraba una imagen de Nadie corriendo por las calles.

—Lo sabes, ¿verdad? Todos los de tu especie tenéis la capacidad de pasar de un lado a otro sin necesidad de Puertas. Utiliza ese poder.

El gato ronroneó.

La imagen del reloj cambió. Ahora, la esfera estaba ocupada por la figura de Bill Hadley, que avanzaba a grandes pasos por las calles desiertas de la Ciudad Antigua.

—Menudo estúpido, ¿no te parece? –susurró el marqués al oído del gato–. Por eso necesitará nuestra ayuda.

Lo dejó de nuevo en el suelo. El gato alzó la cabeza y sus ojos miraron al marqués con un brillo de inteligencia.

—Corre –dijo el hombre.

El animal se escabulló fuera de la habitación.

—Señor –se atrevió a decir Basilio–. El gato...

Pero calló, porque el marqués había vuelto a clavar la mirada en la esfera del reloj, y su habitual hermetismo había sido sustituido por una extraña expresión de ansiedad. Tenía los ojos muy abiertos y respiraba entrecortadamente, y parecía que le costaba controlar sus propias manos, que había alzado como si quisiese aferrar el reloj, pero que había detenido a tiempo, y ahora mantenía en alto en un gesto de súplica.

Basilio buscó en la imagen del reloj aquello que había alterado tanto a su señor. Vio a Jonathan y Emma hablando en la húmeda y oscura calle. Abrió la boca para preguntar algo, pero entonces descubrió una sombra al fondo, una sombra oscura y sutil que se deslizaba hacia los dos chicos. Se estremeció sin saber por qué.

El semblante del marqués parecía una máscara grotesca.

—Ven –susurró a la sombra del callejón–. Muéstrame tu rostro.

—¿Quién era ese loco? –murmuró Jonathan.

Emma movió la cabeza.

—Nadie –dijo.

—¿Me tomas el pelo?

—No es de aquí. No cuenta nada para los que vivimos en la ciudad. Y fuera es como si no existiera, porque no debería existir.

—No lo entiendo. Tampoco yo soy de aquí. ¿Me estás diciendo que no soy nadie?

—No. Tú sí que eres alguien fuera de los muros de esta ciudad. Él, no.

—Mira, Emma...

Pero Jonathan no terminó la frase, porque en ese momento vio a la figura, alta y esbelta, más oscura que la misma oscuridad, que avanzaba hacia ellos desde la boca del callejón. Jonathan la miró con suspicacia, pero Emma no había hecho el menor movimiento. La sombra pasó junto a ella, ignorándola por completo, y se dirigió a Jonathan, que sintió que un frío repentino le helaba todos los huesos.

—Disculpa –dijo.

Era una voz femenina, pero tenía un tono extraño, profundo y sobrehumano. A Jonathan no le gustó. Recordaba perfectamente que el demonio era un ser multiforme.

—Estoy buscando a alguien –dijo ella.

Jonathan atisbó sus facciones y se quedó mudo de sorpresa. Era un rostro atemporal, sin expresión, indudablemente hermoso, pero blanco y frío como el mármol. Los ojos de ella eran todo pupila, dos negros abismos sin fondo.

—Estoy buscando a alguien –repitió ella–. Sebastián Carsí Villalobos. Nacido el veintisiete de julio de mil novecientos sesenta y seis. Ha pasado por aquí.

—No... no lo conozco –pudo decir Jonathan–. Nadie ha pasado por aquí.

—Ah –se limitó a decir ella–. Gracias. Es todo lo que necesitaba saber.

Se alejó de ellos, caminando entre las sombras hasta que llegó a fundirse con ellas. Jonathan parpadeó. La misteriosa desconocida había desaparecido.

—¿Sebastián Carsí Villalobos? –dijo de pronto Emma–. ¿Era ese el nombre de Nadie?

—Supongo que sí –dijo Jonathan, aún temblando–. ¿Por qué lo perseguirá esa mujer?

—Es bastante evidente –suspiró la chica–. Si hubieses prestado atención a la Echadora de Cartas, te habrías dado cuenta de que ya te has topado con dos de los seres de los que ella te ha hablado.

Jonathan la miró fijamente.

—Me he topado con el Diablo –dijo–, pero eso ha sido antes de conocerla a ella.

Emma negó con la cabeza.

—¿Aún no lo entiendes? Ese Nadie era el Colgado. Y va huyendo de la Muerte.

En algún lugar de la Ciudad Oculta, varios pares de ojos los observaban.

—Cuando amanezca, él se marchará y no volverá nunca más.

—¿Cómo puedes estar seguro de que se rendirá entonces? Ya sabe demasiado.

—Eso es cierto. Y no hay que olvidar quién le envía. No podemos asegurar que se marche al amanecer.

—No puedo creerlo. Es solo un muchacho. ¿Teméis a un simple muchacho hasta el punto de buscar su muerte?

—Es mejor no correr riesgos. Hay demasiado en juego.

—Es verdad. Ya ha escapado del demonio una vez.

—Pero con ayuda. Eso no debe volver a repetirse.

—No. Y la próxima vez, el demonio lo alcanzará.

—¡Pobre chico! ¿De veras es necesario todo esto? ¿Y si pudiésemos hacer que se marchase, sin más?

—Eso no cambiaría nada. Ya sabe cómo llegar hasta aquí.

—No es el único. Perdonamos a ese chalado de la sinagoga.

—Exacto. ¡Y deberíamos haber acabado con él entonces! ¿Has visto adónde nos ha llevado tu compasión? Le ha entregado la Puerta al muchacho, y ahora...

Las voces callaron y hubo un momento de silencio. Entonces se oyó de nuevo una voz femenina, fría y desapasionada:

—Soltaremos a los perros.

8

—HAY personas que creen que si vienen aquí la Muerte no podrá alcanzarlas -dijo Emma.

—¿Y es así?

La chica negó con la cabeza.

—No. Es cierto que este lugar es... especial. Pero la Muerte siempre acaba encontrándolas, tarde o temprano. Para escapar de ella tendrían que hacer un pacto con el Diablo. Y a estas alturas, todo el mundo debería saber que el Diablo siempre sale ganando. Así que no es buena idea pactar con él.

Jonathan se estremeció.

—Sé que no me vas a creer, Emma, pero... cuando he entrado en la catedral... iba huyendo de un demonio. Me había ofrecido la inmortalidad encerrada en un reloj de arena.

Emma esbozó una sonrisa.

—¿Por qué no iba a creerte? Aquí viene mucha gente buscando la inmortalidad. Es un buen territorio de caza para los demonios. Siempre te tientan con lo que más deseas. Y pueden pedir mucho a cambio de la inmortalidad, ¿no te parece?

—¿Por qué no me ha ofrecido entonces el reloj que busco?

—Probablemente no podía dártelo. El Diablo siempre cumple con su parte del trato y, aun así, es lo bastante listo como para salir beneficiado.

Jonathan sacudió la cabeza y miró fijamente a Emma.

—¿Dónde estoy? ¿A qué extraño lugar he llegado?

Ella suspiró.

—Por fin parece que empiezas a entenderlo. Lo que ha dicho Nadie es cierto, Jonathan. Esta ciudad tiene dos caras. Ese amuleto que llevas... es especial, ¿sabes? Es como una llave, no, mejor dicho, como una puerta. Te permite cruzar de un lugar a otro.

Jonathan sacudió la cabeza.

—Esto es una locura...

Emma lo miró de reojo.

—Tú buscabas este sitio, y ahora lo has encontrado. ¿De qué te quejas? Si tú...

Jonathan no la dejó terminar. La cogió por los hombros y la miró a los ojos; Emma ladeó enseguida la cabeza para romper el contacto visual. La débil luz de las estrellas producía extraños reflejos en los cristales de las gafas de Jonathan, pero ella había visto perfectamente el brillo de impaciencia que ardía en su mirada.

—Vale –dijo Jonathan–. Puedo aceptar que he llegado a un lugar extraño. Puedo aceptar que ronden por aquí el Diablo y la Muerte, puedo aceptar todo eso sin pensar que estoy loco, pese a lo que diga esa... esa Echadora de Cartas. ¿Y sabes por qué? Porque he aceptado que el alma de mi madrastra está atrapada dentro de un milenario reloj chino que se alimenta de almas. ¿Te parece una locura? Sí, a mí también. Pero yo mismo la he visto ahí dentro, yo mismo la he escuchado llamándome por mi nombre y pidiéndome ayuda... desde el interior del orbe de ese reloj. Y si tú puedes hablarme tranquilamente de una ciudad que tiene dos caras y decirme, como si fuera lo más normal del mundo, que los demonios acostumbran a rondar por aquí ofreciendo la inmortalidad a los que llegan de fuera huyendo de la Muerte, supongo que podrás hacer un esfuerzo y creer lo que te estoy diciendo.

—Jonathan... –musitó ella.

Miraba hacia otra parte, pero el chico llegó a ver en sus ojos un destello de compasión.

—Es mi madrastra la que está en peligro –insistió–. No es mi madre de verdad, pero eso no cambia nada. Marjorie no es muy lista, pero siempre ha sido buena conmigo. No ha querido hacerse pasar por mi nueva madre. Como es tan joven, es casi como mi hermana mayor. Y, aunque somos muy diferentes y sé que ella no me comprende, por lo menos me respeta, que es más de lo que puede decirse de mi padre.

Emma seguía sin mirarlo. Jonathan respiró hondo.

—Mira, puede que yo no sea muy fuerte, ni muy valiente, ni muy listo –dijo–, pero soy el único que puede ayudarla. Si no encuentro el reloj Deveraux antes del amanecer, ella perderá su alma, y por lo que me han contado, eso es mucho peor que la muerte. No puedo fallarle. Lo entiendes, ¿verdad?

—Jonathan –dijo ella sin mirarle, muy apenada–. Lo siento, lo siento mucho... He oído hablar del reloj Deveraux, pero no está aquí.

—¿Cómo?

Jonathan la soltó y se apartó de ella.

—No está aquí –susurró Emma–. Lo tienen en la Ciudad Antigua.

Jonathan temblaba.

—¡No! –dijo–. ¡Es un reloj extraordinario! Si es verdad lo que dices de las dos caras de la ciudad, ese reloj ha de estar en la parte oculta. Y si no es cierto, entonces nunca me he movido de la Ciudad Antigua, y estoy en el sitio correcto. ¿Me oyes?

Emma asintió, pero seguía sin mirarlo a los ojos. Jonathan pensó que la había asustado.

—Lo siento –dijo enseguida–. No quería gritarte, me he puesto muy nervioso. La verdad es que todo esto me desborda. Gracias por ayudarme. Eres una amiga.

Emma vaciló.

—Yo... bueno, con respecto a ese reloj –dijo en voz baja–, tal vez esté equivocada. Te llevaré a ver al Hacedor de Historias, él...

De pronto, un prolongado aullido rasgó la noche.

Emma alzó la cabeza con los ojos muy abiertos. Un coro de ladridos se elevó hacia las estrellas.

—No puedo creerlo –susurró Emma, pálida–. ¡Lo han hecho!

—¿El qué?

Los ladridos sonaban cada vez más cerca, rebotando en las paredes de piedra y desparramándose por las intrincadas calles de la Ciudad Oculta.

Emma se volvió hacia Jonathan.

—¡La Cacería! –dijo–. ¡Vienen por ti! Jonathan, Jonathan, no podrás escapar. ¡Debes deshacerte de la Puerta! ¡Lánzala lejos de ti!

—¿Qué? ¿Por qué? ¿Qué pasará entonces?

—¡Volverás a la Ciudad Antigua! Esos perros son los guardianes de la Ciudad Oculta. ¡Si cruzas el umbral de nuevo, ya no tendrán poder sobre ti!

Jonathan alzó la mirada hacia las estrellas. No tenía modo de saber qué hora era. Hacía mucho que no se oían las campanadas de la torre del convento.

—No puedo –dijo–. ¡Todas las pistas me han traído hasta aquí, no puedo marcharme! Se me acaba el tiempo, ¿es que no lo entiendes?

Emma le dirigió una extraña mirada, como si, efectivamente, no comprendiese de qué estaba hablando. Apretó los dientes y dijo:

—Muy bien, entonces solo tienes una posibilidad. ¡Corre!

Jonathan se quedó un momento parado, desconcertado, pero Emma lo cogió de la mano, dio media vuelta y echó a correr, arrastrándolo tras de sí, en el momento en que la sombra de un enorme perro negro se perfilaba en la boca del callejón. Jonathan se preguntó, aterrado, si existían perros así o había sido su imaginación quien le había añadido aquel tamaño descomunal y aquellos ojos rojos y brillantes como carbones encendidos. Pero Emma tiraba de él con urgencia, y Jonathan obligó a sus piernas a correr más deprisa.

La persecución fue breve, pero a Jonathan se le hizo eterna. La jauría de perros parecía haber tomado todas las calles de la Ciudad Oculta. Sus poderosas patas hollaban los suelos empedrados e impulsaban a Emma y Jonathan hacia delante, a una velocidad de vértigo. Los animales corrían con los ojos echando chispas y la lengua colgando por la comisura de una boca entreabierta que mostraba unos enormes y afilados colmillos. Corrían con las orejas enhiestas y la cola batiendo el aire tras ellos, en pos de su presa. Corrían como el viento por pasajes y callejones, siguiendo el olor de Jonathan.

Y, mientras tanto, sus ladridos y aullidos retumbaban sobre el silencio de la Ciudad Oculta. Jonathan los oía, cada vez más cerca, y corría con toda su alma detrás de Emma. Ella lo guiaba por callejas oscuras y recónditas, pero siempre acababa por cerrarles el paso uno de aquellos monstruosos perros, que parecían haberse apoderado de toda la ciudad. Y, cuando Jonathan creía que todo había acabado, Emma tiraba de él hacia un pasadizo lateral que el chico no había visto antes, o lo empujaba por una puerta que cedía con sorprendente facilidad, y volvían a estar a salvo durante unos minutos más, en los que trataban de recuperar el aliento, hasta que otro perro los interceptaba.

Jonathan no habría sabido decir cuánto tiempo estuvieron huyendo. Más de una vez estuvo tentado de hacer lo que le había sugerido Emma: librarse del amuleto y pasar otra vez a la Ciudad Antigua, olvidarse de todo con tal de perder de vista a aquellos horribles perros. Pero ello significaría no solo renunciar a salvar a Marjorie, sino también dejar a Emma atrás. ¿Qué pasaría con ella entonces?

Cuando escapaban de un perro especialmente fiero que había estado persiguiéndolos desde hacía un buen rato, el pie de Jonathan resbaló sobre las húmedas piedras, y el chico rodó calle abajo, arrastrando a Emma consigo. Toparon contra un muro. Jonathan se incorporó, ligeramente mareado, y vio que Emma se había levantado sorprendentemente deprisa y ya trepaba por la pared.

—¡Vamos, Jonathan!

Jonathan no miró atrás, aunque podía oír perfectamente el ladrido del perro cada vez más cerca. Comenzó a trepar tras Emma. La chica alcanzó la parte superior del muro y tiró de Jonathan para ayudarlo a subir. El muchacho llegó junto a ella justo cuando el perro alcanzaba el muro. Los dos saltaron al otro lado.

Aterrizaron sobre la hierba de un sombrío parque sobre el río. Jonathan miró a su alrededor, y vio que la puerta enrejada del parque estaba cerrada. De momento, estaban a salvo.

Emma se volvió hacia él.

—¡Jonathan, no podemos seguir así! –jadeó–. ¡Tarde o temprano nos alcanzarán!

Jonathan la miró, y a la luz de las estrellas pudo ver que a ella le sangraba la sien.

—Emma, estás herida...

Pero ella lo apartó con impaciencia.

—¡Eso no es importante! –dijo–. ¡Debes deshacerte de la Puerta!

Jonathan acarició por un momento la idea de volver a la tranquila y amodorrada Ciudad Antigua y perder de vista a demonios, perros infernales y a la misma Muerte. Se metió la mano en el bolsillo y rozó con los dedos el medallón que le diera Nico; lo notó cálido y palpitante, como si estuviera vivo. De hecho, si no fuera porque parecía imposible, Jonathan habría jurado que latía en él un pequeño corazón.

Miró a Emma. Estaba sucia y herida, y parecía muy cansada. Se sintió culpable por haberla metido en problemas.

—Pero, ¿y tú? No puedo dejarte. Mira todo lo que te ha pasado por querer ayudarme.

—¡No seas tonto! ¡Es a ti a quien buscan!

Se había subido a un banco y vigilaba la entrada del parque. Cuatro ojos rojizos brillaban detrás de la reja, pero ella no parecía tener miedo.

Se volvió hacia él.

—Jonathan, debes irte. Confía en mí.

Había en su voz un matiz de preocupación, y el chico sintió una cálida emoción por dentro.

Emma estaba preocupada por él, por Jonathan. No tenía por qué hacerlo y, sin embargo, lo ayudaba, lo protegía, como si él le importase de verdad.

—Aun así, no puedo dejarte sola.

—Muerto no le vas a servir de nada a tu madrastra –replicó ella secamente.

Jonathan se asomó al mirador sobre el río, tratando de pensar, y contempló el reloj dubitativamente.

—Pero es que no sé si...

Un ladrido lo interrumpió. Uno de los perros acababa de surgir de la oscuridad, y se lanzaba hacia él. Jonathan se quedó paralizado por el terror, mientras se preguntaba, frenéticamente: "¿Pero de dónde ha salido?", sin ser capaz de pensar en nada más.

De pronto, algo lo empujó hacia un lado. Sus piernas tropezaron con la barandilla del mirador e, inmediatamente, se sintió caer al vacío.

Después, oscuridad.

Jonathan abrió lentamente los ojos. Le dolía mucho la cabeza, y tardó un poco en orientarse. Estaba oscuro, y algo le hacía cosquillas en la piel.

Se incorporó un poco y se encontró sobre un arbusto. Se puso bien las gafas, que se le habían ladeado sobre la cara, y miró a su alrededor. Era de noche, y estaba en una especie de jardín, o parque. ¿Qué diablos hacía él allí?

De pronto lo recordó todo. El Museo de los Relojes, el marqués, Nico, el demonio, Emma, la Echadora de Cartas, los perros...

Se estremeció. ¿Habría sido todo un sueño? En tal caso, ¿por qué estaba allí? Y, si había sido real, ¿dónde estaban los perros?

Se levantó de un salto, pero no vio nada a su alrededor que le resultase conocido. El parque estaba solitario y silencioso. Recordaba haber caído...

Miró hacia arriba. Descubrió entonces que aquel parque estaba distribuido en una serie de plataformas a distintas alturas, con miradores que ofrecían diferentes vistas sobre el río. Jonathan había caído por uno de ellos y había aterrizado en el nivel inferior. Por fortuna, aquel arbusto había amortiguado la caída.

¿Cómo había sucedido? ¿Acaso Emma lo había empujado... para salvarle la vida?

—¿Emma? –llamó Jonathan.

No hubo respuesta. Solo silencio, un silencio sepulcral que contrastaba vivamente con el coro de ladridos y aullidos infernales que momentos antes había hecho estremecer a la Ciudad Oculta. El chico alzó la cabeza hacia el mirador desde el que había caído y, colocándose las manos junto a la boca a modo de bocina, insistió:

—¡¡Emmaaaaa!!

De nuevo, no obtuvo más que silencio, y sintió una espantosa opresión en el pecho. ¿Y si los perros habían atacado a Emma? Jonathan no quería ni pensar en ello. Jamás se perdonaría que le hubiera sucedido algo a la chica. Al fin y al cabo, solo había tratado de ayudarle.

Súbitamente se acordó del amuleto que, según su amiga, le hacía cruzar de una dimensión a otra. Lo buscó en sus bolsillos, pero no lo encontró. Recordó entonces que lo llevaba en la mano cuando aquel perro apareció ante él. Presa del pánico, lo buscó a su alrededor. Lo encontró por fin, enredado en una de las ramas del arbusto. En cuanto lo tuvo entre las manos, volvió a mirar a su alrededor.

Encontró el paisaje ligeramente cambiado. Era el mismo parque, o al menos lo parecía, pero tenía un aspecto algo más salvaje y descuidado, y las farolas habían desaparecido, con lo que la penumbra era mayor. Además, se oía una voz que tarareaba una melodía sin palabras.

Jonathan descubrió entonces una figura vestida de blanco que estaba sentada sobre un antepecho cercano, con los pies colgando sobre el vacío. Parecía una chica.

Jonathan estaba seguro de que antes ella no se encontraba allí, y miró el amuleto con un nuevo respeto. Para no volver a perderlo, se lo colgó al cuello.

Entonces se acercó a la chica con precaución, preguntándose si podría ser Emma. Pero enseguida pensó que, en el caso de que ella hubiese cambiado su colorida ropa por aquel vaporoso camisón blanco, no tenía motivos para sentarse allí a cantar. ¿O sí?

—Disculpa -dijo.

Ella no pareció haberlo oído. No era Emma, y Jonathan sufrió una pequeña decepción. Su cabello oscuro caía por su espalda como un manto, y sus ojos estaban prendidos en la lejanía.

—Buenas noches –insistió Jonathan.

Entonces la chica se volvió hacia él.

—Oh, hola –dijo suavemente–. ¿Quién eres tú? Es la primera vez que te veo en mi sueño.

—¿Tu... sueño?

—Claro. Estoy dormida y esto es un sueño. Lo sé. Sueño con esta ciudad a menudo, y a veces parece real, pero luego me despierto y veo que estoy de nuevo en mi cama, y que lo he soñado todo.

Jonathan guardó silencio un momento. Aquella era otra posibilidad. ¿Y si todo fuese un sueño? O, tal vez, una pesadilla.

Pero, aunque lo que había vivido en las últimas horas parecía demasiado fantástico para haber sucedido en realidad, el recuerdo de Emma era demasiado auténtico como para ignorarlo. El chico suspiró. Había estado discutiendo con ella prácticamente desde el momento de conocerla, pero no podía negar que la muchacha le había salvado la vida, y lo había ayudado cuando más desorientado estaba.

Se preguntó si volvería a verla, y descubrió que ya la estaba echando de menos. Se sentía perdido sin Emma.

Se volvió hacia la joven de la barandilla.

—¿Quién eres? -le preguntó.

—Aquí no importa mucho mi nombre, ¿verdad? -sonrió ella-. Estamos en los dominios del Sueño, así que supongo que yo soy una Soñadora. Igual que tú.

—Sin embargo, yo estoy despierto -reflexionó Jonathan-. De eso estoy seguro.

—¿De verdad? ¿Y cómo puedes saberlo?

—¿Cómo puedes saberlo tú? -contraatacó él-. Quiero decir... Imagínate que esto es la realidad. Imagina que vives aquí y que todas las noches sueñas que te despiertas en otra cama y vives otra vida. ¿Cómo sabes cuál de las dos es la verdadera?

—Porque allí tengo un nombre -respondió ella con suavidad-. En cambio, aquí no soy más que la Soñadora. Me miran como si no me vieran. Como si supiesen que en cualquier momento voy a despertar y a desaparecer de aquí.

—Pero a mí me pasa al revés -dijo Jonathan-. De pronto, todos son conscientes de mi presencia. Yo siempre he sido muy poca cosa, ¿sabes? Pero desde que llegué aquí parece que me he vuelto importante. Unos esperan grandes cosas de mí, y otros se toman muchas molestias para quitarme de en medio.

La Soñadora sonrió.

—¿Lo ves? Estás soñando que eres como quieres ser.

Jonathan calló un momento, confundido. Después replicó:

—O tal vez hoy puedo ser diferente porque siempre he soñado ser diferente. Es un camino de ida y vuelta. Siempre soñé que podía hacer algo importante. Como salvar la vida a alguien. Y ahora se me ha presentado la oportunidad, y sé que puedo hacerlo porque lo hice muchas veces en mis sueños. Para eso sirven los sueños, ¿no? Para enseñarnos hasta dónde podemos llegar.

La Soñadora no respondió.

—Tal vez tú estés soñando que te encuentras conmigo –prosiguió Jonathan–. Tal vez yo sueñe mañana con otra persona que existe de verdad en mi sueño. Quizá tú misma y la vida que tú llamas real estén dentro del sueño de otro Soñador, en un ciclo sin fin. ¿Entiendes lo que quiero decir?

Por fin, la Soñadora habló.

—No –dijo–. Tú no eres real. Estás dentro de mi sueño. Cuando estoy despierta, no estás ahí. Vete. Alteras la paz de mi refugio onírico y no puedo descansar. Vete. Me confundes.

Volvió a entonar su extraña melodía, y a clavar sus ojos oscuros en el horizonte, ignorando deliberadamente el hecho de que Jonathan se encontraba junto a ella.

El muchacho no quiso molestarla más. Sin despedirse siquiera, le dio la espalda y se alejó de ella, y aún oía las notas de la canción de la Soñadora cuando volvió a adentrarse, con precaución, en las calles de la Ciudad Oculta.

En la otra cara de la ciudad, Bill Hadley no estaba teniendo mucha suerte con sus pesquisas. Era ya noche cerrada, y todos los comercios y organismos oficiales habían cerrado hacía varias horas. Tampoco se veía a mucha gente por las calles, y las pocas personas con las que se había topado no sabían hablar inglés.

Hadley recorría la Ciudad Antigua, resoplando como una locomotora, molesto porque daba por hecho que en cualquier parte del mundo la gente debía hablar inglés con tanta fluidez como su lengua materna, y estaba comprobando que no era así.

Llegó hasta una pequeña plaza donde había un ruidoso grupo de jóvenes que reían a carcajadas, fumaban y bebían alcohol. Se acercó a ellos y trató de explicarles lo que estaba buscando.

Al principio, los chicos lo miraron como si estuviese loco. Pero dio la casualidad de que uno de ellos comprendía bastante bien el inglés. Según le explicó, había pasado un año en Escocia.

Hadley lo cortó en cuanto vio que se disponía a contarle su experiencia con pelos y señales. Le preguntó por el reloj que andaba buscando.

Los chicos se miraron unos a otros.

—Ni idea –dijo el que sabía inglés; les explicó a los otros lo que quería aquel americano.

Hubo sonrisas y alguna carcajada. Evidentemente, consideraban que aquel no era un buen momento para buscar un reloj antiguo. Uno de ellos comentó algo, y el intérprete se volvió hacia Hadley.

—Mi amigo dice que en el museo del convento tienen cosas antiguas. Casi todo son cosas de la Iglesia, cálices, y objetos así, pero había algún reloj de oro como el que busca usted.

Hadley les dio las gracias y, con un brillo de triunfo en la mirada, se alejó por las calles de la Ciudad Antigua, en busca del convento.

En el Museo de los Relojes, el ratón se postró ante el emperador del reloj de Qu Sui.

Y todos los demás relojes dieron las doce.

9

JONATHAN no había encontrado nada amenazador: ni perros monstruosos, ni demonios, ni a la Muerte. Pero tampoco había encontrado a Emma.

No sabía cuánto rato llevaba dando vueltas por la Ciudad Oculta, puesto que, por lo visto, allí no existía el tiempo tal y como él lo conocía. Ahora que conocía el secreto de la extraordinaria ciudad dual, lo observaba todo con un renovado interés, preguntándose cómo había podido vagar tanto tiempo por la Ciudad Oculta, creyendo que seguía en el mismo plano de existencia, sin darse cuenta del cambio. Advirtió que aquel lugar era muy parecido a la Ciudad Antigua. Los mismos edificios, las mismas calles... pero siempre había detalles que lo hacían diferente. Los rincones parecían más oscuros, las casas más abandonadas, los jardines más salvajes. Era como si, en algún lugar del tiempo, una sola ciudad se hubiese desdoblado en dos exactamente iguales, y cada una de ellas hubiese seguido existiendo y evolucionando por su cuenta, la primera abierta al mundo, y la otra de espaldas a él. El convento llevaba mucho tiempo abandonado, y no había en su torre campana que anunciase las horas. Frente a la sinagoga había una tienda como la de Nico, pero cerrada y totalmente vacía.

Las diferencias en general eran sutiles y no saltaban a la vista de un visitante despistado, pero estaban allí, no había ninguna duda. Jonathan se preguntó entonces si el marqués se habría referido a la doble naturaleza de la ciudad al decir que no le estaba permitido llegar hasta el reloj Deveraux. Pero si Nico, Nadie y él mismo habían conseguido entrar en la Ciudad Oculta... ¿por qué no habría podido lograrlo un hombre como el marqués?

Jonathan siguió caminando, perdido en sus cavilaciones. La exploración de aquella cara de la ciudad casi había logrado distraerlo de su propósito principal.

El problema era que, sin Emma, ya no tenía la más remota idea de adónde dirigirse. Recordó que ella había mencionado a un tal Hacedor de Historias, o algo parecido. ¿Debía arriesgarse a buscarlo por su cuenta? ¿Y a quién podía preguntar?

Se detuvo de pronto cuando vio una tenue luz que procedía de una calle lateral. Se acercó, con precaución.

Se trataba de una calle sin salida, rematada por una placita con árboles y bancos, y una fuente de piedra. Jonathan la reconoció enseguida: era la calle de la relojería Moser. Su reflejo en la Ciudad Oculta era bastante aproximado, incluso en el detalle del caño de la fuente con forma de boca de dragón.

Con la salvedad de que allí ya no había ninguna relojería.

En el lugar donde había estado la "ANTIGUA RELOJERÍA MOSER, ESPECIALISTAS EN REPARACIÓN Y RESTAURACIÓN DE RELOJES ANTIGUOS DESDE 1872", había ahora una pequeña tienda mugrienta cuyo rótulo carcomido rezaba:

OBJETOS RAROS DE TODAS CLASES
BUENOS Y VARATOS

Jonathan se preguntó qué clase de persona escribía "varatos" con uve y, no contento con ello, mantenía su comercio abierto a aquellas horas de la noche.

Se encogió de hombros y decidió entrar a preguntar por el reloj Deveraux.

Cuando empujó la puerta, que cedió sin problemas, lo que sucedió inmediatamente después lo sobresaltó hasta el punto de hacerlo saltar en el sitio. Jonathan estaba acostumbrado a las tiendas que tenían campanillas sobre la puerta, o un avisador que sonaba como un silbido cuando alguien entraba, pero nunca lo había recibido el chillido histérico de un grajo medio desplumado, ciertamente feo. El chico lanzó una mirada insegura a lo alto de la puerta, donde estaba el animal, y descubrió, con sorpresa, que se trataba de un artefacto mecánico. Como el avisador no volvió a sonar, y nadie acudió a su llamada, Jonathan entró en la tienda y miró a su alrededor, fascinado.

A la temblorosa luz de las tres velas de un candelabro, objetos de todo tipo se acumulaban sin ningún orden sobre estanterías abarrotadas que vestían todas las paredes, del suelo al techo. También el mostrador había desaparecido bajo montones de trastos, e incluso había algunos, los más grandes, abandonados por los rincones de la habitación. Jonathan paseó por la tienda, examinando el género y tratando de no pisar nada, y quedó aún más sorprendido que antes.

Había cuadros cuyos personajes se movían según el ángulo desde el que los mirases; libros con las páginas en blanco, que se escribían a medida que ibas leyendo; figuritas de porcelana que volvían la cabeza para mirarte cuando pasabas ante ellas; joyas cuyas gemas cambiaban de color a cada instante, mostrando matices que Jonathan jamás había visto y tonos que habría jurado que no existían; plumas que tenían que estar encadenadas a la mesa, porque se empeñaban en escribir todo cuanto sucedía ante ellas, y ya habían embadurnado de tinta el área que la cadena que las retenía les permitía alcanzar; un circo de autómatas en miniatura que ejecutaban por sí solos las más atrevidas proezas acrobáticas; una especie de bicicleta con cinco ruedas; una jaula sin puertas; una lámpara que, cuando se encendía, creaba oscuridad a su alrededor; una cazuela doble con recipientes a ambos lados del mango; una estufa con forma de pepinillo; un jarrón que sonreía; un espejo que devolvía el reflejo del revés, es decir, que cuando Jonathan se miraba en él, le mostraba su propia espalda...

Y había relojes, montones de relojes. Tal vez no fuesen extraordinarios, como los de la cámara secreta del marqués, pero sí que resultaban, cuanto menos, curiosos. Algunos tenían trece horas; otros, varias manecillas, o ninguna; otros avanzaban en sentido contrario al habitual, como si retrocediesen en el tiempo. Por no hablar de las extrañas formas, colores y tamaños que adoptaban. Había un reloj con forma de cerdito, y otro pintado a rayas violetas y naranjas. Había uno incrustado en un caldero de latón (Jonathan supuso que serviría para avisar cuando el guiso estaba listo) y otro tan plano como papel de fumar.

Estaba examinando los relojes, preguntándose si alguno de ellos sería el reloj Deveraux, cuando algo llamó su atención. Parecía un viejo tocadiscos, solo que el lugar donde debía colocarse el disco no era una plataforma redonda, sino rectangular, y había un libro abierto situado en ella. La aguja del tocadiscos reposaba sobre una de las páginas. Un poco intrigado, Jonathan lo puso en marcha. El altavoz carraspeó un poco y de él salió una voz profunda que empezó a hablar en un idioma que Jonathan no conocía. Sorprendido, descubrió que la aguja del tocadiscos se deslizaba sobre las páginas del libro, y que la voz recitaba las palabras que allí había escritas, como si estuviese leyéndolo en voz alta. Siguió mirando, fascinado, cómo el artefacto cumplía su curioso cometido, hasta que la aguja llegó al final del párrafo y saltó al siguiente, en el que comenzaba la intervención de un nuevo personaje. La frase estaba colocada entre signos de exclamación, pero Jonathan se dio cuenta demasiado tarde y, antes de que pudiera evitarlo, la voz que salía del amplificador pronunció aquellas palabras con un potente grito que hizo retumbar toda la sala. Jonathan logró desconectarlo, y el altavoz enmudeció. Miró a su alrededor, pero la tienda seguía estando desierta.

Un poco más tranquilo, iba a seguir examinando el sorprendente ingenio, cuando una voz chirriante que parecía provenir de todas partes y de ninguna lo sobresaltó:

—Si no piensa comprarlo, ¡deje usted de juguetear con el tocalibros! ¡Es muy delicado!

Jonathan se volvió hacia todos lados, en busca del dueño de la voz. Percibió un movimiento por el rabillo del ojo y se dio la vuelta, pero sobre aquella parte del mostrador seguía habiendo solamente un pedazo de una vieja alfombra, una pipa con dos boquillas, el circo de autómatas y un muñeco feo y arrugado que tenía una cierta apariencia de duende.

—Lo... lo siento –dijo Jonathan, inseguro–. Nunca había visto un...

—Tocalibros –lo ayudó la voz.

Jonathan dio un respingo. La boca del muñeco se había movido. Se acercó, vacilante, al mostrador, y lo observó de hito en hito. El muñeco le devolvió la mirada.

—¿Qué pasa? ¿Tengo monos en la cara? –graznó.

Jonathan dio un salto atrás, sorprendido. El muñeco no era un muñeco. Era un duende de verdad.

El chico no estaba muy seguro de que fuese un duende. Era pequeño y de piel pardusca y arrugada, tenía la nariz larga y curva, y las orejas en punta. Sobre los ojillos, brillantes, pequeños y negros como escarabajos, llevaba unos anteojos que tenían un cristal roto, aunque el duende, o lo que fuera, no parecía notarlo. Dos tristes mechones de pelo blanco y lacio caían sobre sus largas orejas. El resto de su desproporcionada cabeza moteada no lucía un solo cabello. Vestía ropas que probablemente habían sido la última moda... cuatro siglos atrás; llevaba la levita raída y descolorida, y aquellos puños de encaje habían dejado de ser blancos hacía mucho tiempo. Su aspecto en general provocaba en aquel que lo observaba el súbito impulso de coger un plumero para limpiarle el polvo.

El duende –o lo que fuera– parecía ajeno a esta circunstancia. Estaba sentado sobre el mostrador con las piernas cruzadas, y estudiaba a Jonathan con gesto crítico.

—¿Es usted... el dueño de la tienda? –preguntó el chico.

—Para servirlo a usted –dijo el duende–. ¿Busca alguna cosa en particular?

—Busco un reloj... –empezó Jonathan, pero el duende lo interrumpió:

—¡Ah, relojes! Los tengo de todas las clases y tamaños, ¡y todos ellos marcan el tiempo del Exterior! ¿Desearía el señor un práctico reloj de pulsera? ¿O tal vez un elegante reloj de pared? ¿O quizá...?

—No exactamente. Busco el reloj Deveraux.

Hubo un breve silencio.

—Ah –dijo finalmente el duende–. *Ese* reloj.

—¿Ha oído usted hablar de él?

—Por supuesto, mi querido muchacho. Todos en la Ciudad Oculta sabemos que ese reloj existe, aunque nadie lo haya visto en... –hizo un rápido cálculo con los dedos– casi tres siglos. Por eso sabemos también que es absurdo buscarlo. Tú debes de ser uno de esos locos ingenuos que vienen del Exterior tratando de hacerse con él.

—Pero, ¿está aquí, en la Ciudad Oculta?

—Rotundamente sí. Aunque nadie sabe dónde.

Jonathan frunció el ceño. Emma le había dicho...

De pronto el duende saltó hacia adelante sin previo aviso, y Jonathan retrocedió, sobresaltado, cuando su verrugosa nariz estuvo a no más de cinco centímetros de distancia de su rostro.

—Hace mucho tiempo que no veo uno de esos –siseó el duende–. ¿Te importaría enseñármelo? Nada personal. Curiosidad profesional, simplemente.

—No... no entiendo a qué se refiere...

—Me refiero al objeto que te permite... saltar de un lugar a otro... ya me entiendes...

Irreflexivamente, Jonathan se sacó el amuleto de debajo de la camiseta.

—¿Esto?

Tuvo que apartarse de nuevo, porque el duende había vuelto a saltar sobre él. Debió de percibir la expresión alarmada del chico, puesto que retrocedió de nuevo hasta su lugar sobre el mostrador, sonriendo de manera que enseñaba todos sus afilados y puntiagudos dientecillos.

—Perdona mi impaciencia –dijo–. Verás, cuando la ciudad se desdobló, ellos inventaron ese mecanismo para entrar y salir. Hicieron varios relojes como el tuyo, pero algunos se perdieron, y andan dando vueltas por el mundo. Él recogió unos cuantos y los guardó en ese Museo de los Relojes que tiene... Oh, sí –sonrió el duende al ver la expresión de súbito interés de Jonathan–. Pero a los Señores de la Ciudad Oculta no les hizo mucha gracia que fuese regalando Puertas a simples mortales, con la esperanza de que alguno de ellos se hiciese con el reloj Deveraux. Entiéndeme. La Ciudad Oculta se convirtió en un hervidero de gente que, como tú, metía las narices donde no le llamaban para buscar ese condenado reloj. Los Señores de la ciudad no podían permitirlo, de modo que han ido confiscando cuantas Puertas han caído en sus manos, y me parece que ya no queda ninguna en el Museo de los Relojes. ¿Dónde has conseguido esta?

—Me la han dado en la Ciudad Antigua –dijo Jonathan–. Pero, ¿por qué habla usted de mecanismo y de relojes? No es más que un medallón...

El duende rió entre dientes y alargó hacia Jonathan una mano arrugada de largas y afiladas uñas, que tenía una cierta semejanza con una garra.

—No temas –dijo cuando Jonathan retrocedió, cauteloso–. Solo quiero enseñarte lo que hay dentro de eso que llamas "medallón".

—¿Hay algo dentro?

Jonathan se apresuró a comprobarlo. Palpó el colgante hasta que halló un pequeño botón. Al oprimirlo, el medallón se abrió como un libro y los ojos de Jonathan reflejaron sorpresa.

El duende tenía razón. Aquello que Nico le había entregado frente a la sinagoga, aquello que había llevado todo el tiempo encima y que le había franqueado, sin que él se diese cuenta, el camino a la Ciudad Oculta, no era un amuleto.

Era un reloj.

"Por eso lo sentía palpitar", pensó el chico. "En realidad era el mecanismo del reloj lo que hacía que vibrase".

Lo contempló durante un momento, buscando algo extraordinario en él que justificase su sorprendente capacidad de servir de Puerta entre ambas caras de la ciudad.

Y sí, había algo extraño, algo que no encajaba, pero, ¿qué? Aparentemente, era un reloj como tantos otros. Ni siquiera poseía la belleza misteriosa de muchas de las piezas de la colección del marqués. Lo miró desde todos los ángulos, tratando de encontrar aquello que llamaba su atención, pero no fue capaz de hallarlo.

—Lo llaman Intertempus –dijo de pronto el duende.

—¿Intertempus?

La criatura asintió.

—¿Sabes cuál es la relación entre la Ciudad Antigua y la Ciudad Oculta? Las dos están en el mismo lugar, al mismo tiempo, y todos sabemos que eso no puede ser.

—Bueno, no exactamente. La física cuántica señala que...

—No me interrumpas, joven. No necesito palabrejas raras para explicarte la naturaleza de este lugar. Y ahora, ¿vas a escucharme?

Jonathan asintió tras una breve vacilación. El duende se acomodó mejor sobre el mostrador y continuó:

—Una vez vino aquí un mortal como tú y me contó cómo había descubierto el secreto de la Ciudad Oculta. ¡El río!, me dijo. Yo no lo entendí. Chifladuras de humanos, pensé. Pero entonces me explicó que había visto la Ciudad Antigua desde el otro lado del río. Se reflejaba en el agua, ¿entiendes? En ese momento, el humano vio dos ciudades donde antes había una, y comprendió cómo era posible que la Ciudad Antigua pudiese ser, al mismo tiempo, la Ciudad Oculta, de la misma forma que una moneda tiene dos caras o una hoja tiene haz y envés.

»La explicación exacta resulta un poco más compleja. En realidad, ambas ciudades están en el mismo lugar, pero *no* al mismo tiempo. Fíjate en el reloj que tienes en tus manos. Verás que las manecillas nunca se detienen en las horas exactas. No es un error ni un fallo del reloj. Ha de ser así, porque ese reloj señala el tiempo de la Ciudad Oculta, no el del Exterior.

Jonathan miró fijamente la esfera del reloj, siguiendo el movimiento de las manecillas. Era verdad. El segundero no se detenía sobre las muescas que marcaban las horas, sino un poco antes y un poco después. Como si estuviese ligeramente desviado. Como si señalase el tiempo *entre* dos segundos.

—Ya ves –dijo el duende–. La Ciudad Oculta existe en el tiempo que hay entre dos tictacs de reloj. Y lo llaman el Intertempus. Ingenioso, ¿verdad? De esta manera han conseguido permanecer alejados de la mirada de los humanos.

—Pero se puede entrar con estos relojes –recapituló Jonathan–. Es sencillo, si consigues uno de ellos. ¿Por qué el marqués tiene que mandar a otras personas en su lugar?

—Porque los Señores de la Ciudad Oculta le prohibieron la entrada. Ese marqués es un... un exiliado, un proscrito. Y ni siquiera él se atrevería a desafiar la Prohibición.

Jonathan se acodó sobre el mostrador, interesado.

—Hábleme de los Señores de la ciudad. ¿Quiénes son?

—Ooooh –dijo el duende, abriendo al máximo sus ojillos–, más te valdría no tropezarte con ninguno de ellos. A simple vista no parecen peligrosos, pero créeme, lo son. Lo han visto todo, todo, muchacho. ¿Crees que tu especie ha realizado grandes proezas? Cuando los humanos llegaron a la Luna, cuando surcaron el cielo por primera vez, cuando cruzaron los océanos, cuando iluminaron las noches, cuando aprendieron a escribir, cuando plantaron las primeras semillas, cuando descubrieron cómo prender fuego, cuando comenzaron a hablar, incluso cuando bajaron de los árboles... *ellos* ya estaban allí.

Jonathan sacudió la cabeza.

—No... no lo entiendo.

—Entonces no vale la pena que siga explicándotelo –replicó el duende, un poco molesto–. No eres demasiado listo, ¿eh?

—Hábleme entonces del reloj Deveraux –dijo Jonathan sin ofenderse; había hallado una buena fuente de información y no pensaba dejarla escapar–. ¿Qué tiene de especial?

—Bueno, nunca lo he visto con mis propios ojos, así que no sabría decirte... pero dicen que guarda un fabuloso secreto en su interior. Por eso unos lo buscan con tanto afán y otros se toman tantas molestias para que siga oculto.

—¿Y no hay manera de llegar hasta él?

—¿No me estás escuchando? ¡Te he dicho que *ellos* lo guardan!

—¿Y cómo puedo llegar hasta ellos?

El duende suspiró, cargado de paciencia.

—No puedes llegar hasta ellos. A no ser que ellos salgan a tu encuentro, claro está. ¡Por todo lo sagrado, chico, son los Señores de la Ciudad Oculta! Sabían que estabas aquí mucho antes que tú mismo. Saben todo sobre ti. Puede que te estén observando en estos mismos instantes. No puedes sorprenderlos. Si no quieren dejarse ver, nunca los encontrarás.

Jonathan se apartó del mostrador, tratando de pensar. Emma le había dicho que el reloj Deveraux no estaba en la Ciudad Oculta, pero obviamente se había equivocado. Trató de reunir las escasas pistas que tenía.

—¿Conoce usted al Hacedor de Historias?

—Sí –el duende frunció el ceño–. Un humano loco como tú. Ellos le perdonaron la vida porque contaba buenos cuentos. Ahora es incapaz de distinguir lo real de lo imaginario.

—¿Dónde puedo encontrarlo?

El duende rió con sarcasmo.

—¿Para qué quieres encontrarlo? Pregúntale por algo y te contará docenas de historias relacionadas. Todas interesantes, sí, pero ninguna verdadera. Podrías estar escuchándolo hasta el fin del mundo. Pero no sé dónde está –añadió, al ver que Jonathan abría la boca para repetir la pregunta–. Va deambulando por ahí. Tal vez lo veas esta misma noche.

Jonathan frunció el ceño. ¿Por qué había querido Emma llevarlo a ver a un individuo como aquel? Sacudió la cabeza. Seguramente, el duende exageraba.

Se volvió hacia él para preguntarle más cosas, pero el duende se puso en pie de un ágil salto y lo miró con cierta ferocidad.

—Y bien, chico, espero que después de todo hayas decidido comprar algo...

—No tengo dinero –respondió Jonathan al punto.

—No importa. Si te interesa alguna cosa, siempre me puedes dar un objeto a cambio. Como ese bonito reloj que llevas colgado al cuello.

Jonathan no tenía ninguna intención de entregarle el reloj, pero paseó su mirada por los "OBJETOS RAROS DE TODAS CLASES, BUENOS Y VARATOS" que el duende tenía en su abigarrada tienda. De pronto se le ocurrió una idea, y se volvió hacia él tan bruscamente que casi llegó a sobresaltarlo.

—¿No será usted el Mago, verdad?

—¿El Mago? ¿De qué estás hablando?

—Quiero decir... –Jonathan trató de recordar lo que había dicho la Echadora de Cartas sobre el personaje a quien había llamado "el Mago", y que estaba destinado a mostrarle al Loco su verdadero camino–, si ha sido usted quien ha inventado todos estos... artilugios.

—¿Yo? ¿Por quién me tomas? ¡Como si no tuviese otra cosa mejor que hacer!

El duende parecía ofendido, y Jonathan optó por esperar a que se calmase un poco.

—¡Noooo, chico, yo vendo objetos raros, no los fabrico! Pero conozco a un tipo que tenía tanto tiempo libre que se dedicaba a inventar cosas como estas. Luego no sabía qué hacer con ellas, de modo que me las traía... y así surgió mi tienda.

—¿Dónde puedo encontrar a ese hombre?

—Yo no lo llamaría exactamente "hombre"... pero creo que vive en un ático.

—¿En la Ciudad Oculta?

—¡Basta de cháchara! –estalló de pronto el duende–. ¿Vas a comprar algo o no?

Ya no parecía tan amigable, y Jonathan retrocedió un paso. El duende se balanceaba sobre el canto del mostrador, como si estuviese dispuesto a saltar sobre el muchacho en cualquier momento. Sus ojos tenían un brillo siniestro, y enseñaba todos los dientes.

—Me... me parece que no –balbuceó Jonathan–. Siento haberle hecho perder el tiempo.

—¡Tiempo es lo que te llevas, y debes pagarlo! –exigió el duende, señalando acusatoriamente a Jonathan con un dedo huesudo–. ¡Dame tu reloj-puerta!

Jonathan se llevó la mano al medallón.

—No puedo –dijo–. Necesito encontrar el reloj Deveraux.

El duende rechinó los dientes y saltó sobre él.

Jonathan ya estaba en la puerta. La abrió –el grajo mecánico volvió a graznar– y salió corriendo, sin detenerse a mirar si el duende lo perseguía.

Oyó sus chillidos a su espalda durante largo rato. Por fin, la oscuridad se lo tragó.

En aquellos momentos, Bill Hadley se hallaba en la jefatura de policía de la Ciudad Antigua, armando un escándalo considerable. Uno de los agentes, que chapurreaba un poco de inglés, había creído entender en sus confusas explicaciones que Hadley debía encontrar un reloj antiguo antes del amanecer, y que esta era la razón por la cual había despertado a todo el convento aporreando la puerta, y que después había tratado de sobornar a las monjas con un fajo de billetes para que le dejasen examinar los valiosos objetos de la exposición.

El agente estaba desconcertado. Habían arrestado a Hadley por escandaloso y alborotador, pero daba la sensación de que lo que necesitaba era una larga estancia en un manicomio.

—¡No se haga el gracioso conmigo, agente! –vociferaba Bill Hadley, con el rostro completamente colorado–. ¡Usted no sabe quién soy yo! ¡Podría comprar toda esta maldita ciudad, así que déjeme salir de aquí antes de que ponga en acción a todos mis abogados!

—Oh, otro loco de esos –dijo un policía de mayor edad, cuando el otro le contó lo que pretendía aquel americano chiflado–. ¿Cuánto tiempo hacía que no venía nadie preguntando por ese reloj, Rodríguez?

—Más de siete años –respondió Rodríguez, que sería solo un poco más joven que su compañero–. Pero ninguno había armado tanto escándalo, que yo recuerde.

Hadley seguía vociferando, ajeno al hecho de que los policías lo miraban como si fuese un piojo. Entonces algo se restregó contra su pierna. Hadley se calló y miró abajo.

Era un gato negro.

—Fuera de aquí –gruñó, lanzándole una patada.

Pero el gato no solo no se fue, sino que saltó a su regazo y se acomodó allí. Hadley se lo sacó de encima y se dispuso a seguir increpando al policía, cuando vio que el gato había dejado algo sobre sus rodillas.

—¿Qué es esto?

Un medallón viejo, o algo parecido. Hadley lo cogió con curiosidad.

Y, entonces, todo a su alrededor cambió.

10

JONATHAN oyó de nuevo los ladridos de los perros. Aunque sabía que le bastaba con soltar el reloj-puerta para escapar de ellos, esperaba no tener que hacerlo, puesto que no quería desprenderse del amuleto por si luego no volvía a encontrarlo.

Estaba confuso, y la proximidad de los perros infernales no contribuía precisamente a aclarar sus ideas. Emma le había hablado del Hacedor de Historias, pero el duende le había dado una pista sobre alguien que podría ser el Mago del que hablaban las cartas del tarot.

Seguía vagando sin rumbo, con precaución, cuando oyó aullidos en una calle cercana. Se disponía a dar media vuelta, pero una voz conocida lo retuvo donde estaba:

—... pero vais a dejarme bajar, ¿sí o no?

El corazón de Jonathan dio un brinco y comenzó a latir más deprisa. Él mismo se sorprendió de su propia reacción. Había llegado a creer que no volvería a ver nunca más a la chica de las trenzas pelirrojas, y hasta aquel momento no se había dado cuenta de lo mucho que la había echado de menos.

Se obligó a sí mismo a controlarse y a mantener la calma. Se asomó cautelosamente tras la esquina.

Lo que vio lo dejó helado.

Dos de aquellos enormes perros aullaban al pie de un muro. No parecían haber detectado la presencia de Jonathan; estaban más interesados en la figura menuda y colorida que se hallaba sentada sobre el muro, con los pies colgando y gesto aburrido.

—¡Emma! –susurró el chico para sí mismo, horrorizado.

Creía que había hablado en voz baja, pero de pronto los dos perros se callaron y se volvieron hacia él.

—¿Jonathan? –dijo Emma–. Te he estado buscando. ¿Dónde te habías metido?

Los ojos de Jonathan estaban fijos en los perros, y no respondió. Las dos bestias se habían vuelto hacia él y le gruñían por lo bajo, mostrando todos sus dientes.

—Yo los entretendré –susurró por fin, sin dejar de mirar a los perros–. Aprovecha para escapar.

—Pero, Jonathan...

Emma no parecía comprender la gravedad de la situación, se dijo Jonathan desesperado. Seguía sentada sobre el muro, observando la escena con más curiosidad que preocupación.

—Jonathan, no van a hacerme daño –explicó ella–. Te buscan a ti y al otro intruso. No a mí. Yo vivo aquí, ¿recuerdas?

Jonathan no había apartado la mirada de los perros en ningún momento, pero esta vez no pudo evitarlo: con un ágil movimiento, Emma saltó del muro y aterrizó junto a los perros, que no repararon en ella.

—¿Lo ves? –dijo Emma.

Jonathan pensó que el comportamiento de ella era demasiado absurdo. Y además, ahora que la veía más de cerca, había en ella algo que no cuadraba... Abrió la boca para decir algo, pero en aquel mismo momento, los perros se lanzaron hacia él.

Jonathan dio media vuelta y echó a correr. Mientras corría, oyendo a los perros cada vez más cerca, trataba de quitarse el reloj-puerta, que todavía llevaba colgado al cuello. Justo cuando sentía en la nuca el nauseabundo aliento de aquellas bestias, la cadena se desprendió por fin.

Jonathan la dejó caer al suelo.

Los perros desaparecieron de pronto. También la calle en la que se encontraba pareció cambiar en algunos detalles. Jonathan se sentó, temblando, en el suelo, cerca del reloj-puerta, para no perderlo de vista. No quería volver a cogerlo, de momento. Esperaría un rato, hasta que los perros se alejasen, y entonces regresaría a la Ciudad Oculta.

Apoyó la espalda en la pared y respiró hondo. El sonido de una motocicleta en alguna parte de la ciudad terminó de traerle de vuelta al mundo conocido.

No habría sabido decir cuánto tiempo permaneció allí. Diez minutos, quince, tal vez media hora. Hasta aquel momento no había sido consciente de su propio cansancio y, ahora que se sentía relativamente a salvo, se daba cuenta también de que estaba agotado.

Además, su corazón se debatía entre el deseo de correr a buscar a Emma y el horror que le inspiraban aquellas bestias implacables. Y el hecho de haber visto a la chica tan cerca de los perros no contribuía precisamente a aclarar sus ideas. Aquella imagen de Emma, de pie entre los perros, lo inquietaba sin que llegase a entender por qué.

Entonces alguien entró en la calle, corriendo, y Jonathan alzó la cabeza, alerta, a la vez que se movía hacia la derecha para ocultar con su cuerpo el reloj-puerta, sin llegar a rozarlo, pero lo bastante cerca como para poder alcanzarlo y huir a la Ciudad Oculta en caso de necesidad.

El recién llegado se detuvo ante él y lo miró. Jonathan le devolvió la mirada. El otro, al reconocerlo, abrió los ojos desmesuradamente.

—Tú –susurró–. Has vuelto.

Se trataba de Nadie, pero parecía aterrorizado. Estaba muy pálido, jadeaba y tenía la frente cubierta de sudor. Se lanzó hacia Jonathan, implorante, y sollozó:

—¡Por favor, necesito una Puerta! ¡Por favor, ayúdame a regresar! ¡Si no lo hago, estoy perdido!

—Tú tenías una Puerta –replicó Jonathan, apartándolo–. ¿Qué ha sido de ella?

—La... la he perdido –gimió Nadie, retorciéndose las manos–. ¡Me la ha robado un maldito gato negro!

¿Puedes creerlo? ¡Ha saltado sobre mí desde la oscuridad y me la ha arrancado del cuello!

Jonathan ladeó la cabeza. Se sentía seguro en la Ciudad Antigua y no quería dejarse llevar por el histerismo de Nadie.

—¿Por qué quieres volver a la Ciudad Oculta? -le preguntó con calma–. Es muy peligroso, ¿sabes? Está llena de un montón de perros que atacan a todos los intrusos.

La serenidad de Jonathan pareció hacer mella en Nadie, que se tranquilizó un poco y se sentó junto a él.

—Estoy enfermo -le confesó–, y mi mal es incurable. Según los médicos, debería haber muerto hace ya meses, pero no me resigné, ¿entiendes? Soy joven y me queda aún mucho por hacer. Cuando los más prestigiosos médicos me dieron por desahuciado, consulté a magos, videntes, curanderos y charlatanes. Me relacioné con alquimistas varios y busqué en vano la Piedra Filosofal. Recorrí medio mundo persiguiendo el manantial del Agua de la Vida, mientras la enfermedad corroía mis entrañas y la Muerte acechaba mis pasos. Sí, llevo huyendo de ella desde hace mucho tiempo. Le di esquinazo en Samarkanda, la burlé en Teotihuacán, escapé de ella en la Antártida y por poco me alcanzó en el Kilimanjaro. Pero nunca lograba perderla de vista.

»Entonces oí hablar de la Ciudad Oculta. La ciudad de los inmortales.

»Investigué todo lo que pude y logré hacerme con

un reloj-puerta. Llegué hasta aquí con mis últimas fuerzas. Puede que incluso ya esté muerto, ¿sabes? Pero la Muerte no tiene poder en la Ciudad Oculta, porque actúa en otro ritmo de tiempo, en el plano del tiempo en el que se encuentra el mundo tal y como lo conocemos, ¿entiendes?

Jonathan asintió.

—Hace un rato he visto a una adivina –dijo–. Me ha echado las cartas del tarot, y ha salido la Muerte, y también un individuo al que llaman el Colgado. Me han explicado que es alguien que no puede avanzar porque tiene una cuenta pendiente, algo que dejó a medio hacer. Emma dijo que el Colgado eras tú.

Con un bufido, Nadie preguntó:

—¿Qué insinúas?

—Dices que quieres hacer muchas cosas, que eres joven para morir, pero vas a pasarte el resto de tu vida huyendo de la Muerte, así que, después de todo, no vas a hacer nada. Estás estancado en un punto del camino. No puedes retroceder. Y solo puedes avanzar hacia la Muerte.

Nadie se levantó de un salto.

—¡No hablarías de esa manera si fueses tú el que sabe que va a morir!

—Sé que me ronda la Muerte esta noche –dijo Jonathan, tranquilo–. Y sé cómo puedes obtener la inmortalidad, pero el precio es alto.

Nadie se acercó a él, ansioso.

—¿Me lo dirías?

Jonathan calló y lo miró de hito en hito. Finalmente, dijo:

—No vale la pena, ¿me oyes?

—Eso lo decidiré yo. Dime, ¿cómo puedo conseguir la inmortalidad?

Jonathan suspiró, y dejó su mirada prendida en las estrellas.

—En la Ciudad Oculta hay demonios que te ofrecen los relojes de arena que posee la Muerte.

Nadie se envaró.

—¿El reloj de arena de tu vida? ¿Y cómo logran arrebatárselo a la Dama?

—No tengo ni idea. Pero te dan tu reloj a cambio de algo. Pequeños favores, o algo así. No me he quedado a pedir más explicaciones.

—¿No? Pues eres estúpido.

—No lo creo. No creo que sea peor la Muerte que depender el resto de tu vida de los caprichos de un demonio, ¿o sí?

—Es tu opinión, pero seguro que cambiarías de idea si estuvieses en mi lugar. Bien, yo prefiero vivir, sea como sea. ¿Cómo puedo llegar hasta ese demonio?

—Si caminas por la Ciudad Oculta, imagino que tarde o temprano te saldrá al paso. Pero créeme, no es buena idea. ¿Te he hablado ya de los perros?

—Sí, lo has hecho –Nadie lanzó una mirada nerviosa por encima de su hombro–. Por favor, ayúdame a volver. He viajado por todo el mundo en busca de una oportunidad como esta. Daría cualquier cosa por seguir viviendo.

Jonathan se separó un poco de él. Muy lentamente, mirándolo a los ojos, se apartó de la pared.

El reloj-puerta relucía misteriosamente a la luz de la farola, en el suelo, junto a él. Nadie ahogó un grito y alargó la mano para cogerlo.

—Los dos a la vez –le advirtió Jonathan, deteniéndolo–. A la de tres.

Ambos cruzaron una mirada.

—Una... –empezó Jonathan–, dos... ¡tres!

Tocaron el reloj exactamente al mismo tiempo.

El salto fue instantáneo y, como en las demás ocasiones, Jonathan apenas se percató de él. La calle parecía la misma, pero estaba mucho más oscura, porque no había farolas iluminándola.

Y había otro detalle que las diferenciaba, un detalle especialmente aterrador.

Uno de los perros infernales se hallaba en medio de la calle, frente a ellos. Los miraba fijamente con sus ojos rojos y ardientes como el mismo averno, y gruñía por lo bajo.

Antes de que ninguno de los dos lograra moverse, el perro saltó sobre ellos con un gruñido. Jonathan gritó y soltó el reloj-puerta instintivamente.

El perro desapareció.

En su lugar había una figura oscura y esbelta que caía sobre ellos a la velocidad del relámpago. La luz de la farola iluminó un rostro pálido y frío como el alabastro y unos insondables ojos negros. El filo de una enorme espada relució un momento ante Jonathan, que gritó de nuevo mientras la Muerte descargaba su arma sobre él.

Jonathan cerró los ojos y oyó un silbido.

Después, silencio.

El chico abrió de nuevo los ojos, lentamente. La Muerte seguía frente a él, firme y serena como una diosa. Había bajado la espada, y su indescifrable rostro marfileño estaba vuelto hacia algo que había detrás de Jonathan. El muchacho se giró y vio a Nadie.

Estaba muerto.

Jonathan todavía temblaba cuando la Muerte se inclinó para recoger a su presa.

—No temas –dijo ella con su voz sobrehumana–. Hoy no he venido por ti.

—¿A... adónde te lo llevas? –pudo decir Jonathan.

La Muerte sonrió enigmáticamente.

—No tengas prisa por saberlo. Tarde o temprano, tú también lo averiguarás.

Jonathan respiró hondo.

—¿Puedo... puedo hacerte una pregunta?

La Muerte no dijo nada, pero Jonathan inquirió, señalando el cuerpo inerte de Nadie:

—¿Por qué ningún demonio le ofreció la inmortalidad?

La Muerte se volvió para mirar a Jonathan. La profundidad de su mirada lo hizo marearse.

—Porque el Diablo sabía que él me pertenecía desde hacía mucho. Y al Diablo le interesan los vivos, no los muertos.

—Llegó demasiado tarde –musitó Jonathan; volvió a mirar a la Muerte–. Dime, ¿cuánta arena queda en mi reloj?

—No voy a responder a esa pregunta –replicó

ella–, porque entonces pasarías el resto de tu vida intentando prolongar ese plazo, por muy dilatado que sea. Limítate a vivir; ese es tu trabajo. Cuando llegue tu hora, yo vendré a buscarte. Ese es mi trabajo. Nos veremos entonces... Jonathan Hadley.

La Muerte retrocedió unos pasos, arrastrando consigo el cuerpo de Nadie. Jonathan se dio cuenta entonces de que el Nadie que ella se llevaba parecía incorpóreo, mientras que el cadáver material continuaba todavía en el suelo, junto a él, en la misma posición en que había caído.

La Muerte siguió retrocediendo hasta perderse entre las sombras. Entonces, desapareció.

Jonathan volvió a quedarse solo en el callejón, junto al cuerpo de Nadie.

La campana de la torre del convento dio las dos.

En el Museo de los Relojes, el toro del reloj de Qu Sui tocó los pies del emperador.

El marqués sonrió mientras observaba los movimientos de Jonathan en el Barun-Urt.

—No está mal –admitió–. Ya son las dos, y sigues vivo.

Se volvió hacia el cuerpo inerte de Marjorie Hadley.

—Sin embargo, tú no debes hacerte ilusiones –dijo–: nunca le entregarán el reloj, y no se les puede arrebatar por la fuerza. No es nada personal –añadió–; simplemente pienso que lo mejor es que sea sincero contigo. No quisiera crearte falsas esperanzas.

Calló, como si estuviese escuchando una voz inaudible. Después se encogió de hombros.

—Bueno –dijo–, yo no tengo la culpa. Si ellos están allí ahora es porque tú tocaste lo que no debías. Así que yo de ti trataría de pasar lo mejor posible las pocas horas que te quedan... que no son muchas, dicho sea de paso.

Le dio la espalda al reloj de Qu Sui para volver a centrarse en la imagen de Jonathan y su padre. El orbe del extraordinario reloj chino parpadeó un momento, y el rostro fantasmal de Marjorie Hadley se asomó al cristal de su prisión. Movió los labios, como si tratase de hablar.

—¿Monstruo...? –sonrió el marqués, sin mirarla–. ¿Eso crees? No me digas...

Algo parecido a una lágrima intangible brilló en la mejilla del espíritu de Marjorie.

11

JONATHAN vagaba de nuevo por la Ciudad Oculta. Había llamado a la policía para que fuesen a recoger el cuerpo de Nadie, pero cuando los agentes llegaron, él ya se había marchado. Ahora, con el reloj-puerta colgado de nuevo de su cuello, volvía a recorrer con precaución las oscuras calles de lo que Nadie había llamado "la ciudad de los inmortales".

La ciudad de los inmortales...

Jonathan intuía que aquello tenía mucho que ver con el reloj Deveraux y el misterioso marqués que lo había embarcado en aquella aventura, pero no terminaba de verlo claro. El malogrado Nadie había acudido a la Ciudad Oculta en busca de la inmortalidad, pero Emma le había dicho que era una esperanza vana, porque la Muerte siempre acababa ganando la partida. Así había sido en el caso de Nadie.

¿Entonces, qué? ¿Había llegado allí Nadie persiguiendo un mito? ¿Se había referido a aquellos inmortales que lo eran en virtud de un pacto con el demonio? Pero Emma había dicho que los demonios estaban allí para tentar a los que llegaban buscando la inmortalidad. Por otro lado, el duende de la tienda había hablado de unos seres inteligentes anteriores al hombre. ¿Hablaba de los demonios? ¿Eran ellos los Señores de la Ciudad Oculta?

¿Y el reloj Deveraux? Emma le había dicho que estaba en la Ciudad Antigua. Pero el duende había afirmado lo contrario.

A Jonathan le daba vueltas la cabeza. Sospechaba que había tenido la oportunidad de averiguar muchísimas más cosas sobre aquella extraordinaria ciudad dual, pero la había dejado escapar al no formular las preguntas adecuadas.

En aquel momento oyó una voz que canturreaba en una calle lateral. Se detuvo y escuchó atentamente:

—*... y ella le dijo: "Oh, qué buen escondrijo. ¿Puedo pasar la noche aquí contigo?". "Pero los lobos aúllan y la luna se oculta", dijo él; "¿no quieres encontrar aquello que buscas?"; y el agujero se cerró, y el dragón se durmió, y ella se fue volando hacia las luces del alba, las luces del alba...*

La voz calló, y Jonathan sacudió la cabeza, sorprendido. De pronto había un hombre frente a él, un hombre delgado y vivaracho, que había aparecido súbitamente en el callejón, o ésa era la sensación que le había dado. Pero apenas unos segundos después comprendió que aquel individuo no había brotado de la nada, sino que se había acercado caminando desde la esquina, y Jonathan no se había dado cuenta porque había estado sumido en una especie de trance provocado... ¿por aquella absurda canción?

Observó al hombre a la luz de las estrellas. Vestía de una manera muy estrafalaria, con prendas de distintas clases, colocadas unas encima de otras sin orden ni concierto. Llevaba en la cabeza, a modo de gorro, lo que parecía una funda de cojín hecha de distintos retazos de tela, y rematada con media docena de cascabeles de diversas formas y tamaños.

Pero lo que más llamó la atención de Jonathan fueron sus ojos, enormes y brillantes, que destacaban poderosamente en un rostro menudo y enjuto.

El chico abrió la boca para preguntarle su nombre, pero, ante su sorpresa, lo que dijo fue:

—¿Cómo sigue la historia?

El curioso hombrecillo pasaba el peso del cuerpo de un pie a otro, balanceándose con tal ligereza que costaba seguir sus movimientos.

—¿Qué historia? –preguntó con voz aguda.

Por segunda vez, Jonathan fue a preguntarle su nombre, pero de nuevo se vio sorprendido por las palabras que salieron de su boca:

—*... y ella se fue volando hacia las luces del alba, las luces del alba...* –le recordó al hombrecillo–. ¿Qué pasó después?

—¡Oh, esa! –rió el extraño personaje–... *y ella se fue volando hacia las luces del alba, las luces del alba, y en lo alto de un árbol hizo una casa; y al sexto día tuvo visita. "¿Quién ha venido a verme?". "Oh, yo he venido a verte, y he cruzado el desierto para pedirte un beso".*

Pero ella no lo dejó entrar: "Y, a cambio, ¿qué me darás? ¿Me trajiste la risa de la mariposa? ¿Tienes un frasco con lágrimas de rosa? ¿Recogiste acaso los sueños de un hada? ¿Me enseñarás el color de tu alma?". Él le regaló la risa de la mariposa, y un frasco de lágrimas de rosa; le mostró cómo eran los sueños de un hada, le dijo cuál era el color de su alma. "Regálame un pedazo de estrella", pidió entonces ella. Y él bajó la cabeza, entristecido. "Oh, no, no puedo darte lo que me has pedido. ¿No sabes que las estrellas aún no han florecido?".

El hombrecillo calló de repente, y Jonathan volvió a la realidad con brusquedad. Aquellas palabras había provocado un extraño efecto sedante en él, creando en su mente imágenes maravillosas de mariposas que reían y estrellas florecidas. Cuando pudo volver a pensar con coherencia tuvo que admitir que aquella historia, que no tenía ni pies ni cabeza, había logrado subyugarlo hasta el punto de hacerle olvidar todo cuanto tenía que ver con su mundo y su realidad. Sacudió la cabeza. "Esto es una locura", pensó. Pero parecía que una parte de su mente quería seguir perdido en aquella locura, porque de pronto se encontró a sí mismo diciendo:

—¿Me contarás otra historia? ¿O no guarda más tu memoria?

Calló, horrorizado, preguntándose si el pareado le había salido por casualidad, y sospechando que no era así. El hombrecillo sonrió de nuevo:

—*Oh, oyente paciente* –canturreó–, *tú que pides más cuentos, sabrás que no te miento si te digo que una vez existió una mosca muy feroz que lloraba elefantes cuando moría la tarde. Y una piedra que caía le contó mil maravillas...*

Jonathan perdió la noción del tiempo. Tal vez oyera dos, cinco o cincuenta de aquellas descabelladas historias, pero había en ellas algo fascinante que lo obligaba a seguir escuchando y a pedir más y más.

—*... y la noche se reía, y él se fue con mucha prisa. "He perdido mi ternura. ¿La habrá encontrado la luna?", pero la luna le dijo...*

—¡Socooorroooo...!

Jonathan alzó la cabeza y trató de despejarse.

—¿La luna dijo "socorro"? –murmuró, aturdido.

—*... la luna le dijo: "Yo he encontrado tu ritmo, pero la ternura..."*

—¡¡¡Ayuuudaaaa!!!

Jonathan despertó por segunda vez de su extraño trance. La voz que pedía auxilio se oía lejana y distante, pero había logrado colarse de alguna manera entre las mágicas palabras del disparatado cuento. Y había algo en ella que no admitía ser ignorado.

—Qué raro... –susurró Jonathan, todavía algo confuso–. Esa voz...

Se dio cuenta entonces de que se había sentado en un portal, y de que el extravagante hombrecillo estaba sentado junto a él. Se preguntó cuánto rato llevaba allí.

—*... pero la ternura...* –intentó proseguir el hombrecillo; sin embargo, en aquel momento la voz volvió a oírse, y junto a ella sonaron también los ladridos de los perros infernales, y Jonathan no pudo seguir obviándola.

Se puso en pie de un salto.

También su compañero se levantó.

—*¿Queréis saber lo que aconteció cuando el gigante por la jarra se cayó?* –dijo rápidamente.

Jonathan se volvió hacia él, interesado, pero enseguida se obligó a sí mismo a tener presente que acababa de oír una voz pidiendo ayuda.

—No puedo quedarme –dijo con firmeza, aliviado al comprobar que esta vez había pronunciado las palabras que quería pronunciar–. Tus historias son muy bonitas, pero...

De pronto se calló y miró al hombrecillo con mayor atención.

—¡Tú eres el Hacedor de Historias! –exclamó–. ¡Tú eres la persona a la que Emma quería que viera!

El Hacedor de Historias se rió como un loco, y los cascabeles de su extraño gorro tintinearon con alegría.

—*¡Quién tuviese tal fortuna como el hueso de aceituna que fue a correr aventuras al país de las...!*

—¡No, espera! –lo interrumpió Jonathan–. ¿Qué sabes del reloj Deveraux?

Los ojos del hombrecillo brillaron todavía más.

—*Un reloj para ocultar un pedazo de tiempo* –tarareó–. *Créeme, que no te miento. Cuando el tigre fue a buscar la sonrisa de cristal...*

—¡Por favor, que alguien me ayude!

En esta ocasión, la voz había sonado mucho más

desesperada, y los ladridos de los perros mucho más cerca, y Jonathan dio un respingo, sorprendido. Aquella voz...

—¿Papá?

Aguzó el oído. El Hacedor de Historias canturreaba:

—*Tiempo, siento, miento, lento, tiento...*

—¡Silencio! –pidió Jonathan, pero el hombrecillo alzó la voz todavía más:

—*¡Tiempo, cuento, tiempo, cuento, tiempo...!* –chillaba.

Jonathan se tapó los oídos y echó a correr.

Mucho rato después de que dejara atrás al Hacedor de Historias, sus sorprendentes imágenes seguían creando extrañas asociaciones en su cabeza. *"El hueso de aceituna encontró la ternura, y ella le pidió una sonrisa de cristal, y el dragón la fue a buscar; habló con un elefante feroz que caía por la jarra y...".*

—¡¡¡Basta ya!!! –chilló Jonathan.

Por un momento se hizo el silencio en su mente. Entonces oyó de nuevo la voz de su padre, y se aferró a ella como a un talismán. Echó a correr otra vez.

Y al doblar una esquina lo vio.

Bill Hadley había trepado hasta el tejado de un cobertizo que aguantaba a duras penas su peso. No ayudaba a mejorar su situación el hecho de que tres de aquellos aterradores perros estaban intentando echar abajo el cobertizo para poder llegar hasta él.

—¿Papá? –dijo Jonathan, sorprendido.

Instintivamente, se llevó la mano al pecho para

comprobar que su reloj-puerta seguía allí. Lo sintió palpitar entre sus dedos y se preguntó cómo diablos había logrado su padre llegar a la Ciudad Oculta.

—¡Papá! -gritó.

Bill Hadley alzó la cabeza para mirarlo. Temblaba de puro terror.

—¿Jo... Jonathan?

—¡Deshazte del reloj-puerta, papá! -le gritó Jonathan, haciendo bocina con las manos. Los perros ya habían reparado en su presencia, y se había vuelto hacia él, gruñendo amenazadoramente-. ¡Date prisa!

Enseguida se dio cuenta, sin embargo, de que su padre no entendía de qué le estaba hablando. Respiró hondo, hizo de tripas corazón y echó a correr.

Solo volvió la cabeza una vez, y fue para comprobar que los perros lo perseguían y se alejaban de su padre. Siguió corriendo, pero al doblar una esquina resbaló de nuevo sobre el húmedo suelo, sintiendo que se torcía dolorosamente un pie. Intentando no pensar en ello, ni en los perros que se le echaban encima, se quitó el amuleto.

Esperó apenas cinco minutos en la Ciudad Antigua, y después volvió a coger el reloj-puerta. La calle se transformó de nuevo ante sus ojos. Los ladridos de los perros se oían un poco más lejos: habían pasado de largo por el lugar donde Jonathan había cruzado la delgada línea que separaba ambos espacios temporales. El chico respiró hondo y volvió sobre sus pasos, cojeando. Sabía que los perros no tardarían en dar marcha atrás.

Cuando llegó de nuevo al cobertizo vio que su padre había bajado del tejado, y miraba a su alrededor, receloso.

—¡Jonathan! –chilló cuando lo vio–. ¿Qué está pasando aquí? ¡Estaba hablando con un policía y de pronto la habitación ha cambiado, y era un cuarto vacío y oscuro! ¡Y esas horribles bestias...!

—Te lo explicaré más tarde –cortó Jonathan–. Ahora debemos buscar un refugio. No tardarán en volver.

Se internaron por el sector central de la Ciudad Oculta, donde las calles eran más estrechas, oscuras y retorcidas, y había múltiples pasadizos por donde podían escabullirse.

Al doblar una esquina, sin embargo, se encontraron con una figura menuda que los estaba esperando.

—¡Jonathan! –dijo ella, alegre.

Jonathan se detuvo bruscamente.

—¡Emma!

Vio con claridad su amplia sonrisa, tan fuera de lugar en medio de aquella pesadilla. Avanzó cojeando hasta ella, y mientras lo hacía se debatía entre el impuso de abrazarla con todas sus fuerzas y la timidez que le impedía tomarse confianzas con ella.

Pero fue la propia Emma quien lo abrazó.

—Jonathan, Jonathan, pensé que los perros te habían alcanzado. ¿Por qué has vuelto? Sabes que es peligroso y que deberías haberte deshecho del reloj-puerta...

—Pero ya te expliqué por qué no podía hacerlo.

Me he encontrado con el Hacedor de Historias, ¿sabes? Un tipo muy raro. Me ha entretenido y...

Se calló de pronto y miró a Emma fijamente. Ella bajó la cabeza.

—¿Qué pasa, Jonathan?

El chico alzó la mano para acariciar con los dedos la sien de la muchacha.

—Emma, tenías una herida aquí –dijo, con una voz extraña–. ¿Cómo... cómo...?

—Te dije que no era nada importante. Pero ahora...

—No, espera –Jonathan volvió a pasar las yemas de los dedos por las sienes de Emma. Solo rozó piel lisa, sin ningún tipo de cicatriz–. Te golpeaste contra el muro del jardín. *Tenías* una herida. Sangraba mucho.

Retrocedió sin poder evitarlo y, por primera vez, empezó a hacerse preguntas sobre Emma.

En primer lugar, ¿quién era Emma?

La había conocido cuando todavía creía encontrarse en la Ciudad Antigua, y por eso no se había parado a pensar después que Emma era, en realidad, una criatura de la Ciudad Oculta.

Jonathan siguió retrocediendo, mirando a Emma con una expresión distinta. Su padre lo advirtió.

—¿Qué pasa? ¿No es esa tu amiga? La he visto contigo en uno de los relojes de ese condenado marqués –añadió a modo de explicación cuando Jonathan se volvió hacia él.

Emma había avanzado hacia ellos y miraba a Bill con curiosidad.

—¿Quién eres tú? –preguntó Jonathan, muy serio–. ¿Cómo has llegado hasta aquí?

—¡Ya lo sabes! –dijo Emma–. ¡Vivo aquí!

—Vives en la Ciudad Oculta –dijo Jonathan; la observaba con cautela, como evaluándola–. Un lugar lleno de seres extraños. ¿Quién eres tú, Emma?

—Jonathan, no entiendo qué...

Una idea le vino de pronto a la mente como un relámpago que cruzase un cielo despejado.

—¿Y qué pretendes? –añadió con brusquedad–. Creía que estabas de mi parte. Pero hace un rato he visto al Hacedor de Historias. ¡Me habría quedado escuchándolo hasta el alba! Y tú lo sabías, ¿no? ¡Y sabías también que el reloj Deveraux está en la Ciudad Oculta! ¡Me mentiste!

—Pero, Jonathan...

—Debería haberme dado cuenta mucho antes –murmuró Jonathan, sombrío–. Me hacías dar vueltas y vueltas, de un lugar a otro, para que perdiese tiempo. ¡Me dijiste tantas veces que regresase a la Ciudad Antigua! Primero trataste de convencerme de que el reloj Deveraux estaba en el otro lado. Pero yo no te creí. Entonces me explicaste cómo funcionaba el reloj-puerta, me dijiste que me deshiciese de él para burlar a los perros. Intentabas que me rindiese, que volviese con las manos vacías, a pesar de que te expliqué con claridad en qué situación se encuentra Marjorie.

Jonathan hizo una pausa. Emma no se movió.

—Y luego te vi en lo alto de aquel muro –prosiguió el chico–, con esos dos perros aullando. Entonces no me di cuenta, pero era exactamente igual que en aquella carta de tarot: los perros aullando a la Luna. ¡Tú eres la Luna, Emma!

—¿Pero qué estás diciendo? –protestó ella–. ¡Yo no...!

Se calló al ver que Jonathan avanzaba hacia ella, decidido. La cogió por los hombros.

—Todas las cosas que yo iba descubriendo –dijo lentamente–, tú ya las sabías. Pero nunca me decías nada. Y nunca me mirabas a los ojos. Eso debería haberme hecho desconfiar de ti. Ahora, Emma, mírame a los ojos y dime que no sabes dónde está ese condenado reloj. Dime que está en la Ciudad Antigua, pero esta vez mírame a la cara cuando me lo digas.

Emma trató de rehuir su mirada, pero Jonathan le cogió la barbilla y le obligó a alzar la cabeza...

—No me mires de esa manera –le advirtió ella–. No me mires así.

Pero la mirada de él ya estaba buceando en la suya...

...Y en un instante, Jonathan se vio a sí mismo cayendo por un oscuro pozo sin fondo que se asemejaba al corazón de un huracán. Jonathan gritó, agitando brazos y piernas mientras se precipitaba por aquel remolino insondable que parecía llevar directamente al núcleo primigenio del cosmos...

Aquello que lo tenía sujeto lo soltó, y Jonathan se encontró de nuevo en un oscuro callejón de la Ciudad Oculta. El chico tardó unos segundos en volver a la realidad. Todavía respiraba entrecortadamente cuando se volvió hacia Emma y descubrió que ella había apartado la mirada.

—No debías mirarme a los ojos –susurró ella–. No, no tenía que suceder así.

Jonathan retrocedió, atemorizado.

—Tú... tú no eres humana –dijo con voz ronca.

Ella seguía sin mirarlo.

—No debías mirarme –insistió–. No tendría que haberlo permitido.

Jonathan dio otro paso atrás.

—Y ya sé por qué –dijo–. No querías que me diese cuenta... de que tu mirada es como la del marqués. ¡Los dos... sois... lo mismo!

—¿Qué? –bramó Bill Hadley–. ¿Quieres decir que están compinchados?

Jonathan lo cogió del brazo y tiró de él.

—Vámonos –dijo.

—Espera, ¿por qué? Seguramente ella sabe...

—No –cortó Jonathan, y el tono de su voz no admitía réplica–. No le preguntes por el reloj Deveraux. Podría mentirnos de nuevo, y se acaba el tiempo.

No era esta la verdadera razón por la cual deseaba alejarse de Emma, pero sospechaba que su padre no iba a entender sus explicaciones.

Se alejaron de allí todo lo deprisa que les permitía el estado del tobillo de Jonathan. A cada paso que daban, y que lo apartaba más de Emma, Jonathan sentía que aquella extraña garra que le oprimía el corazón se hacía más y más insoportable.

Emma no los siguió.

Pero Jonathan sintió su mirada clavada en la nuca durante todo el trayecto a lo largo del callejón, y percibía su tristeza, una tristeza más profunda que la que jamás llegaría a sentir él, una tristeza más allá de la comprensión humana.

—Emma -dijo el marqués.

Sus ojos estaban fijos en la esfera del reloj, que le mostraba la figura inmóvil de la muchacha, sola en medio del callejón.

—De modo que es así como te haces llamar ahora -murmuró el marqués, con una sonrisa–. ¿Qué debo pensar de ti? Has protegido la vida de mi paladín, pero tratabas de alejarlo de su objetivo. No me cuesta trabajo imaginar por qué. Siempre fuiste una sentimental...

Se acarició la barbilla, pensativo. Frunció levemente el ceño, y la imagen del reloj cambió. Ahora, la esfera le mostraba a Jonathan y Bill Hadley caminando juntos por las calles de la Ciudad Oculta.

—Jonathan -dijo–. Has llegado más lejos de lo que pensaba. Pero el tiempo se agota.

12

Los perros habían tomado la ciudad.

Jonathan lo comprendió cuando el coro de sus ladridos y aullidos se hizo ensordecedor, cuando sus sombras tiñeron las paredes de todas las casas, cuando el brillo rojizo de sus ojos agujereó la oscuridad de todos los recovecos, rincones y escondrijos de cada calle, pasadizo y travesía de la Ciudad Oculta.

Refugiados en un sótano húmedo y oscuro, Jonathan y su padre contenían el aliento. Habían atrancado la puerta y, aunque los perros lograsen echarla abajo, no cabrían por el hueco de la entrada, de manera que parecía que, por el momento, estaban a salvo. Jonathan oía a los perros gruñendo y arañando la vieja madera, mientras temblaba de miedo y trataba de olvidar lo mucho que le dolía el tobillo derecho.

Por el momento estaban a salvo, sí, pero también estaban atrapados. Y el tiempo corría en su contra.

Mientras se les ocurría algo mejor, los dos se habían puesto al día de lo que había sucedido por ambas partes desde que se habían separado, a las seis de la tarde, en la casa del marqués.

—Todavía no entiendo del todo en qué nos hemos metido –dijo Jonathan, con un suspiro–, pero me temo que no va a ser fácil salir de aquí.

Bill Hadley movía la cabeza, apesadumbrado.

—Todo esto no puede estar pasando –dijo–. Seguramente somos víctimas de algún tipo de alucinación, o de un engaño... Pero, ¿sabes una cosa, Jon? Ahora eso es lo que menos me importa. No debería haberle seguido el juego a ese marqués. Marjorie se ha quedado sola con él, y nosotros estamos aquí, atrapados. Deberíamos haberla llevado al hospital...

—¡Pero su alma estaba en ese orbe! Tú lo viste, papá.

—Bien. Supongamos que eso es cierto, por descabellado que parezca. Pero piensa: ¿cómo sabemos que todo lo que nos ha dicho el marqués es verdad? Eso de que solo hay doce horas de tiempo, y de que solo ese reloj puede salvar a Marjorie... ¿cómo sabemos que no nos ha mentido?

Jonathan abrió la boca para replicar, pero no pudo decir nada. Si Emma le había mentido, ¿qué le hacía pensar que el marqués no lo había engañado también?

—Yo te diré lo que ha pasado –prosiguió su padre–. Estábamos asustados, hemos hecho todo lo que nos decía... Hemos sido unos tontos, hijo, unos tontos...

Sus hombros se convulsionaron, sacudidos por un sollozo desesperado.

Jonathan suspiró.

—No habríamos podido hacer nada, papá –dijo quedamente–. Lo creas o no, ellos no son humanos. No hay más que mirarlos a los ojos para darse cuenta, y por eso Emma siempre rehuía mi mirada. No sé quiénes son, ni siquiera sé qué son... Pero unos y otros nos han empleado como peones en un juego en el que ellos mueven las piezas.

Apoyó la espalda contra la pared. Durante un buen rato, solo los gruñidos de los perros, que seguían tratando de tirar la puerta abajo, enturbiaron aquel pesado silencio.

Jonathan pensaba en Emma.

Desde su último encuentro, una honda tristeza se había adueñado de su corazón y no parecía dispuesta a abandonarlo. Hasta aquel momento, Jonathan había creído que aquello se debía al hecho de que había descubierto que Emma le había traicionado. Pero empezaba a darse cuenta de que su dolor tenía otra causa.

Hundió el rostro entre las manos. *Sabía* que Emma no era humana. Ningún ser humano poseía aquella mirada, tan profunda como el mismo corazón del cosmos, tan temible como la ira de un dios.

Y, aun así, sabía también que no podría olvidarla y que la echaría de menos durante mucho tiempo. Sacudió la cabeza. Una parte de sí mismo le decía que no podía haberse enamorado, no tan pronto, no de alguien así.

Pero su corazón le decía que sí sentía algo especial

por ella, y esto era precisamente lo que más dolor le causaba. Porque ahora entendía que nunca podrían estar juntos, y que él no era muy diferente de aquellos perros que aullaban a una Luna lejana e inalcanzable.

—Jonathan –dijo entonces su padre–. No podemos quedarnos aquí. Tenemos que deshacernos de esos... ¿cómo los llamabas?

—Relojes-puerta –respondió Jonathan a media voz.

—Eso es. Si es cierto lo que dices, volveremos a la Ciudad Antigua, y allí no hay perros, ¿verdad? Entonces podremos ir a buscar a Marjorie.

—Pero, papá, el reloj Deveraux está aquí.

—¿Cómo sabes que ese condenado reloj podrá hacer algo por ella? ¿Y si el marqués nos ha mentido?

—Si nos ha mentido, Marjorie no morirá al amanecer –repuso Jonathan con calma–. En tal caso, no hay prisa por volver. Pero imagínate por un momento que el marqués ha dicho la verdad. Yo no querría regresar antes de que se cumpliese el plazo, con las manos vacías, sin haberlo intentado hasta el último momento. Me sentiría culpable el resto de mi vida. ¿Y tú?

Bill vaciló.

—Esto es una locura –musitó, y sus hombros volvieron a hundirse–. Jamás debería...

Pero Jonathan lo interrumpió.

—¡Sssshhh, silencio! ¿Has oído eso?

Los dos aguzaron el oído, y por encima de los

ladridos y gruñidos de los perros en la calle captaron con total nitidez unos pasos en el piso de arriba, y una tosecilla. Jonathan y su padre cruzaron una mirada.

—Yo voy a subir –dijo Jonathan–. Pero creo que tú deberías volver con el marqués y con Marjorie. Por si acaso.

—Ni hablar. Nos volvemos los dos.

Jonathan negó con la cabeza.

—No, papá. Yo me quedo.

Bill frunció el ceño.

—De eso nada. Tú...

—He dicho que me quedo –repitió Jonathan con voz firme, y Bill lo miró, sorprendido. ¿Dónde estaba aquel muchacho torpe y pusilánime? Jonathan nunca se había atrevido a llevarle la contraria, y ahora lo miraba con aquel brillo de decisión en los ojos, y aquella expresión serena y madura.

—Entonces yo me quedo contigo –logró farfullar.

—No, papá. Pase lo que pase, ha de haber alguien junto a Marjorie cuando amanezca. Si el marqués nos ha mentido y no aprecias ningún cambio en ella después de las seis, llévala a un hospital. Si decía la verdad... –hizo una pausa–. Si decía la verdad –repitió–, hay que considerar entonces la posibilidad de que algo malo le ocurra si yo no vuelvo con ese reloj. Y debes estar junto a ella.

—Pero...

—Encontraré ese reloj –prometió Jonathan, con cierta rabia–. Ya me han hecho suficiente daño: no voy a permitir que sigan jugando conmigo.

Su padre sintió que, por primera vez, Jonathan era más fuerte que él. Se rindió.

—Buena suerte, hijo -murmuró por fin, tendiéndole su amuleto.

Jonathan cogió el reloj-puerta que él le entregaba, y que antes había sido propiedad de Nadie. Tras un breve titubeo, Bill lo soltó.

Inmediatamente, desapareció.

Jonathan se quedó quieto en el sitio, temblando. Ahora estaba solo.

Completamente solo.

Echando una breve mirada a la puerta que arañaban y empujaban los gigantescos perros infernales, Jonathan se puso en pie y se dirigió cojeando hacia las escaleras que llevaban al piso superior. Al mirar hacia arriba descubrió un leve resplandor cálido y tembloroso. Respiró hondo y comenzó a subir las escaleras con lentitud.

En el Museo de los Relojes, la imagen de la esfera del Barun-Urt parpadeó unos instantes, y después se desvaneció.

El marqués comprendió enseguida lo que había pasado, y sonrió.

Se volvió hacia el orbe del reloj de Qu Sui.

—Bueno, Marjorie -dijo en voz alta-. Parece que le han franqueado el paso. Lamentablemente, ahora mi mirada no puede alcanzarlo, de modo que tendremos que resignarnos a ignorar cómo van a tratar a Jonathan los Señores de la Ciudad Oculta. Y, siento decirlo, no suelen ser muy clementes con los que se cruzan con tanta insistencia en su camino.

El rostro de Marjorie volvió a asomarse al cristal. Parecía más pálido y espectral que nunca.

—Lo siento, querida –dijo el marqués–. Me temo que no te queda mucho tiempo. Pero no esperes que Jonathan regrese con ese reloj. De hecho, será un milagro que regrese...

Jonathan llegó al ático, se detuvo en la puerta y miró a su alrededor.

El desván, iluminado por la débil luz de una única vela, estaba repleto de muebles y objetos viejos apenas cubiertos por sábanas raídas y polvorientas. La vela proyectaba más sombras que luces, y tal vez fuera esta la razón por la cual Jonathan tardó un poco en reparar en la persona que estaba junto a la ventana, inclinada sobre algo que parecía un enorme tubo.

Jonathan se acercó con precaución y se ocultó tras un enorme piano de cola para poder observar sin ser visto. Distinguió mechones blancos sobre la espalda del hombre, que parecía pequeño y encorvado.

—¿Una taza de té?

Jonathan se sobresaltó. El hombre se había separado de la ventana y lo observaba, divertido. Vestía unos curiosos pantalones bombachos de color tierra y una especie de camisa que le llegaba un poco más abajo de la cintura. A la luz de las velas, Jonathan descubrió que era mucho más joven de lo que había supuesto al ver su cabello blanco. También se dio cuenta de que el objeto cilíndrico de la ventana era un telescopio.

—¿No vas a salir de ahí? –dijo el hombre–. Por lo menos, podrías decirme si aceptas o no la taza de té que te he ofrecido...

Sabiéndose descubierto, Jonathan salió de su escondite.

—Lo siento –murmuró–. Y agradezco... lo de la taza de té, pero me temo que no me entraría nada en el cuerpo, dadas las circunstancias.

Su propia respuesta le sorprendió. Apenas unas horas antes, de haberse hallado en una situación semejante habría tartamudeado una torpe disculpa, con el rostro completamente encendido de la vergüenza.

El hombre lo miró con aprobación.

—Puedo comprenderlo, Jonathan. Pero acércate, de todos modos. Si esperas un momento, enseguida estoy contigo.

A Jonathan no le sorprendió que el desconocido conociese su nombre, pero solo avanzó un par de pasos, y sin perder de vista la puerta. El hombre miraba de nuevo a través del telescopio mientras ajustaba algo en la base. Jonathan lo oyó murmurar:

—Así... ajá... muy bien. Quieta, bonita... Hum...

Se separó del telescopio y se acercó a la mesa. Junto a la vela había un viejo y enorme libro, y el hombre se inclinó para escribir algo en él.

—Estrella número 87.432.004.556.342 –dijo–. Nombre... –chupó el extremo de la pluma, pensativo; después, su mirada se detuvo en Jonathan, que retrocedió un paso, instintivamente–. Sí, ¿por qué no? Jonathan –murmuró, y escribió el nombre de Jonathan en su libro–. Aunque, espera... si no me equivoco, así se llamaba también la número 49.876.326.899. Hum, qué dilema... Aunque tal vez, cambiando una letra... –volvió a escribir en su libro–. Eso es: Estrella número 87.432.004.556.342, nombre... Jenathan. Llega un momento en que se acaban los nombres, y una estrella es algo demasiado hermoso como para ser bautizado con un frío número, ¿no crees?

Depositó la pluma sobre la mesa, aparentemente muy satisfecho de sí mismo, y se volvió hacia el chico.

—Estoy muy orgulloso de este telescopio. Desde que lo construí, cada noche me ha permitido ver un poco más lejos y descubrir nuevas estrellas. El universo, ¿sabes...?, es algo realmente asombroso. Hace mucho tiempo que observo el cielo noche tras noche, ya llevo contabilizadas 87.432.004.556.342 estrellas y todavía no he topado con los límites del cosmos.

—No puede haber contado tantas estrellas –se le escapó a Jonathan–. Quiero decir...

—Sé exactamente lo que quieres decir –lo interrumpió el hombre–. Pero, Jonathan, si tú hubieses pasado los últimos tres mil años contando estrellas todas las noches, como he hecho yo, casi con toda probabilidad ya habrías registrado todas estas estrellas, y puede que incluso más –frunció el ceño–, porque a mí, de vez en cuando, todavía me importunan para que fabrique alguna cosa que otra, a pesar de que todo el mundo sabe que hace siglos que dejé de hacerlo.

Jonathan lo miró, preguntándose si habría hablado en serio.

El hombre se enderezó y le devolvió una mirada tan profunda como la de Emma o el marqués. Jonathan dio un paso atrás, abrumado, sintiendo de algún modo que todos los secretos de la Tierra estaban contenidos en aquellos ojos pardos y que él era demasiado pequeño para comprender la más mínima parte de ellos.

—Me llaman el Contador de Estrellas –dijo él, muy serio–, y soy inmortal.

Jonathan retrocedió hasta la puerta.

—¿Te irás? –preguntó el Contador de Estrellas–. ¿Te irás sin las respuestas que has venido a buscar?

Jonathan se volvió para mirarlo.

—¿Cómo sé que puedo confiar en usted?

El Contador de Estrellas sonrió.

—No puedes saberlo –dijo–. Pero todo en la vida supone un riesgo, ¿no?

Jonathan dudó.

—¿Va a contestar a mis preguntas? –inquirió–. ¿Va a decirme lo que quiero saber?

—Puedo hablarte de nosotros, los inmortales –respondió el Contador de Estrellas–. Puedo hacerlo, y lo haré, a pesar de que me consta que algunos de los míos no lo aprobarían. Pero has llegado más lejos que ningún otro, y mereces saber la verdad. Es la única manera de que comprendas la verdadera naturaleza del reloj Deveraux, y por qué nos hemos tomado tantas molestias en ocultarlo. ¿Te interesa?

Por toda respuesta, Jonathan tomó asiento en un viejo sillón. El Contador de Estrellas se sentó cerca de él.

—Somos inmortales –comenzó–. La Muerte solo toca a los que viven dentro del Tiempo. Pero nosotros, al igual que ella, estamos fuera de él, porque nacimos con el Tiempo, y no en su interior. No somos parte del Tiempo, y por eso la Muerte no puede alcanzarnos.

Jonathan recordó de pronto una serie de pequeños detalles: a la Muerte pasando de largo frente a Emma, como si no la hubiese visto; la expresión de su amiga cuando la carta de la Muerte apareció sobre la mesa de la Echadora de Cartas ("Nunca me había salido esta carta", había dicho Emma con total candidez).

—¿Cómo...? –empezó Jonathan, pero no le salían las palabras.

—Mis primeros recuerdos nacieron con el mismo universo –dijo el Contador de Estrellas–. Todos presenciamos el milagro. Durante siglos, milenios, vimos cómo el cosmos iba tomando forma, cómo nacían todas las estrellas y los cuerpos celestes. Nosotros estábamos allí.

»Poco a poco, nos fuimos dispersando. Algunos llegamos a lo que más tarde sería el planeta Tierra. Fuimos testigos del inicio de la vida sobre su superficie, y probamos a ocupar aquellos primeros cuerpos animados.

»Por supuesto, al cabo de millones de años, descubrimos que ningún organismo era tan complejo como el ser humano, y, por tanto, no tardamos en encarnarnos en cuerpos humanos.

»Desde entonces, hemos estado recorriendo el mundo. Algunos de nosotros se ocultan de la mirada de los hombres. Otros gustan de su compañía. Algunos otros incluso los imitan, con más o menos éxito.

»Los cuerpos que ocupamos son inmunes al tiempo, el dolor, la enfermedad, el hambre, la sed y la muerte. Si en algún momento son destruidos de manera que no puedan autocurarse, no tardamos en ocupar otros cuerpos.

»Conocemos a las otras criaturas inteligentes que pueblan la Tierra, y que se ocultan de la mirada de los humanos, aunque estos las recuerdan en leyendas y cuentos infantiles. Me refiero a duendes, hadas y todo tipo de seres a quienes los humanos consideran mitológicos. Pero ninguna de estas especies, por muy longeva que sea, nació con el Tiempo, como nosotros.

—Entonces... ¿sois dioses? –preguntó Jonathan, impresionado.

—No, Jonathan. No somos dioses, aunque a lo largo de la Historia diversas civilizaciones de seres humanos nos hayan tomado por tales. Nosotros vimos el nacimiento del universo, pero no lo provocamos. Asistimos a los inicios de la vida, pero no la creamos. Somos observadores.

—Pero tenéis poderes. Habéis creado esta... esta extraña ciudad.

El Contador de Estrellas rió suavemente.

—Lo que tú llamas "poderes" no son fruto de nuestra capacidad, sino de nuestro conocimiento. Hemos pasado millones de años explorando y estudiando el universo. Nuestro saber está a gran distancia del vuestro. A vosotros os parece magia, de la misma manera que un hombre de la Edad Media se maravillaría con los avances del siglo XXI, y un niño de pecho no puede aspirar a saber del mundo lo mismo que un hombre maduro.

»Hemos tenido mucho tiempo para conocer los secretos del universo. Hemos explorado cada rincón del mundo y hemos alcanzado todos los límites. Algunos de nosotros ya no sabemos qué hacer. A ti también te ocurriría, si hubieses vivido tanto tiempo.

»Mírame a mí, por ejemplo. Durante un tiempo me mezclé con los hombres y los asombré con mis inventos. Me creyeron alquimista, hechicero, embaucador, demonio, semidiós.

—Tú... ¿tú fabricaste las cosas que venden en la tienda de Objetos Raros?

—Muchas de ellas, sí –suspiró el Contador de Estrellas–. Pero hace tiempo que dejé de hacerlo. Desde entonces, cuento estrellas. Me da la sensación de que es un trabajo lo bastante ingente como para tenerme ocupado durante un par de milenios más. Después, tendré que buscar otra cosa. Tal vez contar los granos de arena de todos los desiertos, o las gotas de agua de todos los océanos. Quién sabe.

—¿Por qué no vuelves a fabricar objetos? ¿Por qué lo dejaste?

El Contador de Estrellas calló un momento.

—Por el reloj de Qu Sui –dijo después con voz queda.

Jonathan se levantó de un salto.

—¿Tú fabricaste el reloj de Qu Sui?

—Sí y no. Yo construí ese reloj para el emperador. Los inmortales sentimos curiosidad y fascinación por los relojes y, aunque sea un invento humano, nosotros lo hemos superado ampliamente con algunas de nuestras piezas. Yo estaba particularmente orgulloso del reloj de Qu Sui, pero eso fue antes de que *otro* añadiese ese orbe monstruoso.

—¿Otro? –repitió Jonathan–. El marqués dijo...

—Seguramente, el marqués te dijo que el mago del emperador fabricó el reloj y luego lo dotó de un orbe que se alimentaba de almas. Bien, pues eso no es exacto: yo construí el reloj, y el propio marqués le añadió el orbe.

»El ser que se hace llamar "el marqués" ha sentido siempre un gran desprecio por los humanos, a quienes considera inferiores. Hace mucho que se divierte jugando con los deseos de inmortalidad del hombre. Llegó a la corte imperial china cuando yo ya me había marchado, y se ofreció a "terminar" el reloj para que funcionase para siempre.

»Cuando me enteré de cómo había corrompido una de mis más bellas creaciones, dejé de sentir deseos de inventar objetos extraordinarios. Ahora, raramente lo hago. Lo último importante que fabriqué fue la serie de los relojes-puerta, porque siempre estuve en contra de cerrarnos del todo a los humanos. Pero me temo que el Consejo los ha ido confiscando todos. Si no me equivoco, esos dos que traes son los últimos que quedan.

Jonathan no le preguntó cómo sabía que llevaba dos relojes-puerta.

—¿Y qué puede decirme del reloj Deveraux?

El Contador de Estrellas movió la cabeza, apesadumbrado.

—¿Sabes cómo nació la Ciudad Oculta? Nosotros la creamos. Distorsionamos el espacio-tiempo para que este lugar fuese invisible a los ojos humanos. Y todo ello lo hicimos para proteger el reloj Deveraux.

Jonathan abrió la boca para preguntar, pero el Contador de Estrellas alzó la cabeza y miró hacia la puerta. El chico se volvió, siguiendo la dirección de su mirada, y se levantó de un salto.

Emma estaba allí.

—Nos están esperando, Contador de Estrellas –dijo a media voz, sin mirar a Jonathan.

El Contador de Estrellas asintió. Cogió una raída capa que colgaba del respaldo de una silla y se la echó por los hombros.

—Adelante, Jonathan –dijo.

—¿Adónde vamos?

—A buscar respuestas.

Los relojes dieron las cuatro, y el tigre se inclinó ante el emperador del reloj de Qu Sui.

13

—EL Contador de Estrellas ha pedido un juicio para Jonathan Hadley –dijo la mujer.

Jonathan se encogió en su asiento. Se hallaba en una sala de alto techo, sentado ante una enorme mesa redonda, en torno a la cual había siete sillones. Cinco de ellos se hallaban ocupados, pero a él le habían acercado una silla más pequeña, como para remarcar la ausencia de las dos personas que debían ocupar los sillones vacíos.

Las cinco personas que se sentaban en los sillones restantes eran inmortales.

Jonathan no necesitaba que se lo confirmasen para saberlo. Aquellas cinco personas lo observaban con atención y, aunque estaban a cierta distancia y él no los había mirado a los ojos, se sentía espantosamente mareado.

La mujer que estaba justo frente a él, y que parecía presidir aquella extraña comisión, era albina; tenía los cabellos y las cejas blancas a pesar de su aspecto joven. Su mirada era dura y fría, y su gesto severo. Alta y majestuosa, tenía los rasgos de una estatua de mármol. Su rostro, liso y pálido, evocaba las cumbres nevadas de las más altas cordilleras, y era tan puro y gélido como ellas.

Junto a ella, a su derecha, había un hombre alto de cabellos largos y oscuros que caían en ondas sobre sus hombros. Sus ojos, de reflejos que variaban entre el verde, el violeta y el añil, eran profundos e insondables como los abismos oceánicos; y, a pesar de que su rostro presentaba la apariencia eternamente juvenil de todos los inmortales, algo en él decía que su mirada había contemplado el movimiento de las mareas desde el principio de los tiempos.

A la izquierda de la mujer albina había una joven de rasgos orientales, de semblante de porcelana, tan sugerente y lleno de velados misterios como el rostro de la luna. Jonathan la observó fascinado, atraído por ella sin saber por qué; pero cuando la mujer le devolvió la mirada con su enigmática sonrisa, Jonathan se sintió pequeño e insignificante, como una hormiga bajo la inmensidad del cosmos, y bajó la cabeza, confuso.

Y luego estaban Emma y el Contador de Estrellas. Jonathan estaba sentado entre ambos. Los dos parecían tensos, y Jonathan intuía que aquello no era buena señal.

La mujer de la túnica blanca miró a su alrededor. Los otros inmortales asintieron, y ella tomó la palabra.

—El humano llamado Jonathan Hadley -dijo- ha

traspasado los límites de la Ciudad Oculta. El Consejo ya decidió en su momento el trato que debía dispensarse a los humanos que osasen entrar en nuestro territorio. ¿Por qué ahora Emma y el Contador de Estrellas piden un juicio para Jonathan Hadley?

Emma cruzó una mirada con el Contador de Estrellas y dijo:

—Tus apreciaciones son exactas, Zaltana, pero te recuerdo que ni el Contador de Estrellas ni yo estuvimos entonces de acuerdo con esta decisión. Los humanos obran muchas veces por ignorancia, porque no comprenden lo que aquí se guarda. ¿Tenemos nosotros derecho a asesinarlos cuando traspasan un límite que no sabían que estaba prohibido?

Jonathan se estremeció y miró al Contador de Estrellas, pero este tenía los ojos fijos en la mujer llamada Zaltana, y su rostro parecía una máscara de piedra.

—Tuvimos en cuenta vuestra opinión, Emma –replicó Zaltana–. Observaste que muchos humanos llegaban aquí creyendo que obtendrían la inmortalidad. Permitimos entonces que algunos demonios se instalasen en el recinto de la Ciudad Oculta y ofreciesen a los humanos lo que tanto anhelaban; creímos que así darían media vuelta y nos dejarían en paz.

»Pero muchos otros eran enviados del marqués, y venían expresamente a buscar el reloj Deveraux. ¿Cómo podemos ser clementes con ellos?

—¡Los humanos no saben lo que está en juego! –protestó Emma–. El marqués los engaña y los utiliza para sus propios fines. Ellos no tienen la culpa.

—Ya has dicho eso muchas veces, Emma. Dijiste que no era necesario sacrificar a los humanos, que podíamos engañarlos para que se marchasen por donde habían venido, para hacerlos regresar con las manos vacías... ¡pero has fracasado!

—¡Soltasteis a los perros antes de tiempo! –se defendió Emma–. ¡Os dije que entretendría a Jonathan hasta el amanecer! Estaba convencida de que él se marcharía después, pero por culpa de la Cacería lo perdí de vista...

—Todos sabemos que no estás siendo objetiva, Emma –dijo el hombre alto–. Siempre has sentido fascinación por los humanos y siempre los has defendido. Los has estado observando desde que aprendieron a hablar. ¡Incluso te empeñas en parecer una de ellos!

Jonathan no pudo evitar mirar a Emma. Por primera vez se dio cuenta de qué era lo que le había chocado de ella la primera vez que la vio.

Aparentaba quince años y, sin embargo, vestía como una niña. Era exactamente como había dicho su compañero: como si Emma quisiese imitar las costumbres humanas pero no las comprendiese por completo, y por ello no había acertado con el atuendo adecuado a la edad que representaba. Las modas humanas llegaban y pasaban demasiado deprisa para la percepción de un inmortal.

Jonathan respiró hondo. La luz de las velas arrancaba reflejos cobrizos de las trenzas de Emma y creaba extrañas sombras en su rostro. En esta ocasión, ella no sonreía. Había adoptado una expresión indescifrable, serena y enigmática, una expresión que recordaba a la de las esfinges, una expresión que no se había visto jamás en un rostro humano.

Jonathan sintió una punzada en el corazón. Emma lo intimidaba y lo atraía al mismo tiempo. Sabía que jamás conocería a nadie como ella, pero sentía que a cada momento se hacía más profundo el abismo que los separaba. Y no soportaba oírla hablar de los "humanos". Le recordaba demasiado que ella no lo era.

—Los humanos viven muy poco tiempo, Arnav –dijo Emma suavemente–, y sus sentimientos son, por tanto, mucho más intensos que los nuestros. Jonathan Hadley se ha jugado la vida por salvar el alma de su madrastra. ¡Y nosotros lo recompensamos echándole a los perros!

—¿Qué esperabas que hiciésemos? –replicó Zaltana con frialdad–. ¿Entregarle el reloj Deveraux?

—No. Pero creo que al menos le debemos una explicación.

—¿Y has reunido al Consejo para esto? –preguntó la joven oriental.

—Hemos reunido al Consejo, Ming Yue –intervino el Contador de Historias–, porque hemos de tomar una decisión. No podemos estar escondiéndonos siempre. Todos sabemos lo larga que puede resultar una eternidad.

Pareció que Zaltana vacilaba un momento, pero se recuperó enseguida.

—¿Qué es lo que propones?

—Primero, explicar al joven Jonathan por qué está aquí hoy.

Hubo un breve silencio. Los inmortales se miraron unos a otros. Arnav sacudió la cabeza y Ming Yue se encogió de hombros.

—De acuerdo -dijo Zaltana.

Y algo se materializó sobre la mesa, algo que relucía con un brillo fantasmal, un objeto que no había sido contemplado por ojos humanos en casi trescientos años.

—El reloj Deveraux -susurró Jonathan, subyugado.

El Contador de Estrellas lo retuvo por el brazo cuando se incorporó para tocarlo.

—Espera -dijo-. No sabes nada.

Jonathan abrió la boca para protestar, pero el Contador de Estrellas lo miró, y el chico bajó la cabeza inmediatamente y se metió las manos en los bolsillos.

El Contador de Estrellas alargó la mano hacia el reloj, pero sus dedos atravesaron limpiamente su imagen, como si el objeto no estuviese allí.

—¿Lo ves? -le dijo a Jonathan-. El reloj Deveraux es demasiado valioso como para mostrarlo aquí. Esto es solo una ilusión.

Jonathan calló, pero se sentía molesto.

—Jonathan ha venido hasta aquí en busca de este

reloj –dijo el Contador de Estrellas en voz alta, dirigiéndose al resto del Consejo–. El marqués le dijo que era lo único capaz de rescatar el alma de su madrastra, atrapada en el tristemente célebre reloj de Qu Sui.

Jonathan alzó la cabeza.

—¿Y no es así?

—Sí y no. Verás, Jonathan, lo que contiene este reloj es capaz de detener el mecanismo del reloj de Qu Sui... y de todos los relojes del mundo. Ello devolvería el alma a tu madrastra... pero destruiría todo el universo conocido.

Jonathan lo miró, sorprendido.

—No hablas en serio.

—Por supuesto que sí.

La expresión del Contador de Estrellas se había vuelto extraordinariamente grave y seria, y a Jonathan no le cupo la menor duda de que decía la verdad. Un torbellino de confusos pensamientos se adueñó de su mente. ¿La destrucción de todo el universo conocido? No, aquello no tenía sentido. A Jonathan le resultaba imposible imaginárselo.

—El marqués no lo sabe, supongo... –acertó a farfullar.

—Claro que lo sabe –respondió Zaltana fríamente–. Por eso quiere el reloj.

—¿Para... destruir el universo? No lo entiendo.

Zaltana suspiró y dirigió al Contador de Estrellas una mirada que parecía decir: "Ya te lo advertí". Pero el Contador de Estrellas movió la cabeza y se volvió hacia Jonathan.

—Jonathan, te he dicho que el marqués despreciaba a la raza humana. Pero eso no es del todo cierto. La verdad es, Jonathan, que os envidia con todo su ser.

—¿Nos... envidia?

El Contador de Estrellas asintió.

—Ya te he contado mi historia. A lo largo de mi vida he tenido tiempo suficiente como para recorrer ampliamente todos los rincones de nuestro mundo y conocer a todas las criaturas que lo habitan. He observado la evolución de los humanos y he aprendido de ellos, y he seguido con interés todos sus logros. Domino todas las lenguas conocidas y he leído todas las obras escritas. He superado la ciencia humana y he creado cosas que vosotros tardaréis siglos en comprender.

»Y ahora me dedico a contar estrellas. ¿Lo entiendes?

Jonathan ladeó la cabeza. Comenzaba a comprenderlo, aunque no del todo. Miró a Emma, inseguro. Ella le devolvió la mirada.

Y en esta ocasión, Jonathan no vio en sus ojos el caos primigenio, sino su propio reflejo en las pupilas de ella.

Y vio en su mirada que Emma era vieja, muy vieja, más vieja de lo que Jonathan podía llegar a comprender, más vieja que el hombre y más vieja que la Tierra, y trató de imaginarse cómo sería llevar millones de años existiendo.

No lo consiguió.

Se volvió hacia el Contador de Estrellas, con un brillo de comprensión en la mirada.

—Exacto –dijo este–. Lo has entendido. El marqués está cansado de vivir.

—Pero... ¿quién es exactamente el marqués? ¿Cuál es su verdadero nombre? –preguntó Jonathan; se sorprendió al ver que los inmortales esbozaban una sonrisa.

—Llevamos tanto tiempo sobre la Tierra –dijo Ming Yue– que hemos olvidado nuestros nombres, aquellos nombres que nosotros mismos escogimos cuando tomamos conciencia de nuestra existencia. A lo largo de nuestras vidas hemos cambiado muchas veces de nombre. Por ello, un inmortal nunca dirá: "Mi nombre es este", sino: "Me llaman de esta manera", o "Se me conoce por este nombre". El marqués tuvo otros nombres en el pasado, pero ahora se hace llamar "el marqués", y es así como lo conocemos.

—Él es uno de los vuestros –dijo Jonathan a media voz–. El duende dijo que era un proscrito.

Zaltana asintió, pero no dijo más. El Contador de Estrellas intervino:

—¿Sabes qué es aquello que los humanos saben y nosotros no podemos conocer ni en nuestros más atrevidos sueños?

—El lugar adonde la Muerte se lleva las almas –dijo Jonathan tras un momento de reflexión.

El Contador de Estrellas asintió con aprobación.

—El marqués llegó a conocerlo todo en este mundo, pero pronto se sintió atrapado, y buscó desesperadamente otros horizontes. Cuando se convenció de que no había nada más, se obsesionó con la idea de que el universo continuaba en alguna parte, más allá de la vida. Persiguió incansablemente a la Muerte durante algunos milenios, pero ella no pudo llevárselo consigo. Entonces descubrió que no era la Muerte quien arrebataba la vida a los mortales, sino el Tiempo.

—¿El Tiempo? –repitió Jonathan.

—El Tiempo –asintió el Contador de Estrellas–. Es el Tiempo quien se lleva tu vida, gota a gota. Cuando llega tu hora, la Muerte viene a buscarte. No antes.

—Pero yo vi que ella tenía una espada...

—Es la espada con la que separa el alma del cuerpo para llevársela consigo. Cuando la espada de la Muerte cae sobre un mortal, es porque este acaba de morir. Paradójico, ¿verdad?

»Desde entonces, el marqués hizo todo lo posible por entrar dentro del Tiempo. ¡Habría dado cualquier cosa por envejecer como todos los mortales! Se obsesionó por los relojes, y a lo largo de los siglos acumuló todo tipo de piezas de relojería. Se topó con algunos relojes asombrosos, malditos o extraordinarios. Ninguno de ellos pudo otorgarle la mortalidad.

»A lo largo de su búsqueda, aprendió que jamás podría obtener la mortalidad, porque no estaba en su naturaleza, al igual que la cualidad de inmortal no está en la naturaleza de los seres humanos. Tratar de cambiar algo así supondría alterar el orden cósmico, y sus consecuencias habrían sido inimaginables.

—Pero hay humanos que obtienen la inmortalidad –objetó Jonathan–. El Diablo...

—No –interrumpió Emma–. El Diablo les concede un aplazamiento, nada más. Ningún ser humano ha soportado vivir más de un par de miles de años. Todos escogen morir, tarde o temprano. Todos terminan dejando que caiga el último grano de arena del reloj de su vida.

—¿Y los ángeles, demonios, hadas...? ¿No son inmortales?

—Ellos nacieron con el mundo, y todavía no han muerto. Pero cuando muera este mundo, ellos morirán con él, y este universo seguirá funcionando, y nosotros con él.

A Jonathan le costaba imaginar un tiempo tan dilatado.

—Pero volvamos con el marqués –intervino el Contador de Estrellas–. Mientras él buscaba desesperadamente la forma de morir, uno de los nuestros encontró algo extraordinario, por pura casualidad.

»Encontró un pedazo de Tiempo.

—¿Un pedazo de Tiempo? –repitió Jonathan, extrañado.

El Contador de Estrellas asintió.

—Lo llamamos Vórtice. Es una especie de pasaje

al interior del Tiempo, como un agujero. ¿Y sabes dónde está ese Vórtice?

Jonathan miró con respeto la imagen del reloj Deveraux que parpadeaba sobre la mesa.

—Exacto –dijo el Contador de Estrellas–. El marqués sabe que puede llegar al corazón del Tiempo a través del Vórtice. Y, si eso sucediese, todo nuestro universo estallaría en mil pedazos.

—Pero... ¿por qué?

—Porque el Tiempo no puede contener algo que no tiene edad. El choque entre ambas fuerzas sería tan brutal que el mismo Tiempo se desharía. Y este universo no puede subsistir sin el Tiempo.

»Todos moriríamos, mortales e inmortales. Y no te estoy hablando solo del planeta Tierra. Existen también otros mundos en nuestro universo, otros mundos que no tienen ni idea de la amenaza que se cierne sobre ellos si el marqués obtiene la mortalidad.

»Pero todo esto a él no le importa. Quiere morir, y hará cualquier cosa para conseguirlo.

—Entonces me mintió –dijo Jonathan en voz baja–. Me dijo que Marjorie recuperaría su alma y...

—En eso no te mintió. Marjorie recuperaría su alma, pero perdería la vida... igual que la infinidad de seres vivos que habitan en nuestro cosmos.

Jonathan se dejó caer en el asiento, abatido.

—Entonces no hay esperanza –dijo quedamente–. No puedo entregarle ese reloj al marqués. Marjorie está perdida.

Miró a Emma, que lo observaba, conmovida.

—Lo siento –musitó ella.

—No –replicó Jonathan–. Yo lo siento. Quería salvar una vida, pero tú estabas protegiendo miles de millones de vidas.

Emma negó con la cabeza.

—Cada vida es importante –dijo–. Nosotros hemos visto nacer y morir a tantas criaturas que una vida humana nos parece un suspiro. Pero yo he luchado por la vida de todas y cada una de las personas que han traspasado los límites de la Ciudad Oculta.

Jonathan alzó la cabeza para mirar a Zaltana y a los demás inmortales.

—Ya lo he entendido –dijo con sequedad–. Os habría bastado apenas media hora para hacerme desistir de mis propósitos, simplemente hablando, pero no: habéis lanzado contra mí perros y demonios, me habéis mentido y engañado. ¿Es esto lo que habéis aprendido después de varios millones de años de existencia?

Esperaba que se ofendiesen y estaba preparado, pero, ante su sorpresa, Zaltana sonrió, y su rostro adquirió una expresión extraña, como si no estuviese demasiado acostumbrada a sonreír.

—No todos los humanos reaccionan como tú, Jonathan Hadley. De hecho, la mayor parte de ellos son bastante incrédulos.

—Jonathan tiene imaginación –dijo el Contador

de Estrellas, riendo entre dientes–. Pocos seres humanos aciertan a comprender lo que supondría el fin de todo un universo. Por eso no nos creen.

Jonathan dio una mirada circular. Percibió la grandeza del cosmos en los ojos de aquellos seres milenarios y se sintió de pronto muy pequeño y muy solo. Y terriblemente cansado. Como si hubiese envejecido varios años de golpe. Jonathan enterró la cara entre las manos.

—¿Qué debo hacer con Marjorie? –murmuró, desalentado.

—Lo mejor que puedes hacer por ella es sacrificar su cuerpo –dijo Arnav–. Un cuerpo vivo sin alma es la peor de las existencias.

—No podré –musitó Jonathan–. No tendré valor. No –añadió, levantando la cabeza–, si hay alguna alternativa, seguiré adelante. Me enfrentaré al marqués, entraré yo mismo en ese orbe, pero no voy a rendirme. Nunca.

Miró de nuevo a los inmortales y vio que lo observaban, impasibles e indiferentes. Solo los ojos de Emma mostraban alguna emoción. Y el Contador de Estrellas seguía riéndose entre dientes.

Jonathan se volvió hacia él, sorprendido y furioso.

—¿Por qué... ? –empezó, pero calló al ver que tenía la mirada clavada en la puerta.

Todos se volvieron hacia la entrada. Un joven de cabello claro y porte sereno acababa de llegar. Llevaba entre las manos un pesado bulto envuelto en un paño, y su mirada, aunque preocupada y atribulada, poseía también la profundidad del corazón del universo. A Jonathan le resultó ligeramente familiar.

Emma se levantó de un salto.

—¡Jeremiah! -exclamó-. ¡Has vuelto!

14

El marqués alzó la cabeza para escuchar el coro de voces de reloj que sonaba desde el museo para anunciar que ya eran las cinco de la madrugada.

Se volvió hacia Bill Hadley, que lo miró desafiante.

—Mi hijo volverá –aseguró.

El marqués se encogió de hombros. Hadley había regresado hacía un rato y había exigido ver a su mujer. Ahora estaba sentado junto a ella, sosteniendo su cuerpo entre los brazos.

—¿No me cree? –insistió Hadley.

—Señor Hadley –dijo el marqués–, nada me gustaría más que ver a Jonathan regresar con el reloj Deveraux. No obstante...

—¡Señor marqués! –lo interrumpió la voz de Basilio.

El marqués se volvió hacia la puerta; el mayordomo acababa de entrar, y parecía muy alterado. Trató de hablar, pero le faltaba aliento.

Sin embargo, no hizo falta que pronunciase palabra; el marqués frunció el ceño y salió precipitadamente de la sala.

—No me fío de él –le dijo Bill Hadley a su mujer, y no sabía si se dirigía a su cuerpo inerte o al tenue espíritu que lo observaba, angustiado, desde el interior del orbe–. Voy a ver qué trama.

Se incorporó de un salto y salió corriendo en pos del marqués.

Basilio se quedó un momento en la puerta de la cámara, sin atreverse a entrar. Pero sus ojos seguían fijos en el reloj de arena.

Bill se detuvo en la puerta del edificio.

El marqués estaba allí, de pie, frente a la puerta, inmóvil, como una estatua de mármol, y había clavado su mirada en una figura que avanzaba hacia él desde la oscuridad, portando un objeto envuelto en un paño.

—El reloj Deveraux –susurró el marqués–. No puedo creerlo. Después de tanto tiempo...

También Hadley miró al recién llegado con incredulidad.

—¿Jonathan? –preguntó, inseguro.

La figura avanzó todavía más, y en aquel momento las nubes que cubrían el cielo se desgarraron, y un rayo de luna iluminó al desconocido.

Era un joven alto, de cabello claro y mirada seria. Su expresión, serena y decidida, poseía sin embargo algo enigmático e indescifrable, como el gesto sin edad de una esfinge.

—¡Tú! –dijo el marqués, entrecerrando los ojos.

Tras el recién llegado aparecieron cinco figuras que se reunieron con él desde las sombras. Entre ellas, Hadley reconoció a Emma, pero la muchacha parecía diferente a como él la recordaba. Había en su semblante algo terrible y sobrehumano que le puso la piel de gallina.

—¡Todos vosotros! –exclamó el marqués, sorprendido–. ¿Qué hacéis aquí? ¡He cumplido vuestras condiciones, he respetado la Prohibición!

Entonces uno de ellos se adelantó. Era una mujer de cabello blanco y rostro puro y frío como el mármol. Clavó su mirada en el marqués y empezó a hablar en una lengua extraña que Bill no comprendió, pero que para el coleccionista de relojes debía de tener sentido, puesto que palideció y retrocedió un par de pasos.

—Papá –susurró entonces una voz junto a él–. ¿Estás bien?

Bill se volvió y vio a Jonathan. Concentrado como estaba en los seis extraños personajes que se enfrentaban al marqués, no lo había oído acercarse. Lo miró de hito en hito y lo abrazó con fuerza. Cuando se separó de él, Jonathan señaló a los recién llegados.

—Atiende, papá, porque esto es importante.

Hadley pareció volver a la realidad.

—¿Quiénes son esos tipos? ¿Por qué visten de forma tan rara?

Jonathan echó un vistazo a los seis inmortales que plantaban cara al marqués. Zaltana había dejado de hablar, pero Arnav había tomado la palabra, y repetía los mismos términos que ella, en el mismo idioma desconocido, como si recitara las palabras de algún tipo de ritual.

—No lo vas a creer, pero son... gente como el marqués. No son... no son humanos, ¿sabes? –vio que su padre fruncía el ceño, y añadió–: ¿Ves al joven que lleva el reloj? Se llama... no, lo llaman Jeremiah. Hace mucho tiempo se enfrentó al marqués y venció, y se llevó el reloj.

Hadley asintió, ceñudo.

—Eso puedo entenderlo. ¿Y qué?

Jonathan respiró hondo. De camino hacia la casa del marqués, Emma le había contado muchas cosas acerca de los inmortales, el marqués y el reloj Deveraux, pero no estaba seguro de saber explicárselo a su padre.

—Los amigos de Jeremiah escondieron el reloj en la Ciudad Oculta y prohibieron al marqués traspasar sus límites. Esa Prohibición tenía mucha fuerza, ya que eran seis contra uno y, además, el marqués tenía la marca del derrotado, de modo que, de alguna manera, la voluntad de Jeremiah prevalecería sobre la de él. Por eso, durante todos estos años, el marqués ha estado enviando a otras personas en su lugar, para recuperar el reloj.

»Pero no era más que un entretenimiento cruel. Sabe perfectamente que ninguno de nosotros puede enfrentarse a ellos.

»Con el paso del tiempo, sin embargo, entre los del bando de Jeremiah comenzó a haber diversidad de opiniones. Debían quedarse en la Ciudad Oculta, para que la Prohibición no perdiese fuerza...

—¿Qué quieres decir?

—Es... como una batalla de voluntades. El marqués desea con toda su alma conseguir ese reloj, ¿no? Bien, pues imagínate a seis como él deseando exactamente lo contrario. Esas seis voluntades crean una barrera que la voluntad del marqués no puede traspasar, y menos aún después de haber sido derrotado en un Desafío. Pero si alguno de esos seis abandonase la Ciudad Oculta y su voluntad dejase de apoyar la Prohibición, la barrera se debilitaría, y el marqués podría entrar.

—¡Pero seguirían siendo cinco contra uno! –bufó Bill.

Jonathan no respondió. No encontraba palabras para explicarle que, en el fondo, todos los inmortales deseaban morir y, por tanto, su voluntad de proteger el Vórtice no era tan fuerte como el deseo del marqués de conseguirlo, de modo que durante todos aquellos años la Prohibición se había mantenido en virtud de un frágil y delicado equilibrio...

—Ellos son los Señores de la Ciudad Oculta –dijo en voz baja–, pero también son sus prisioneros.

"Y han aceptado ese sacrificio para proteger nuestro universo", pensó.

Miró a Emma, que acababa de tomar la palabra para repetir las frases rituales, y se preguntó cómo había podido creer, siquiera por un instante, que ella era una chica humana. La luz de la luna iluminaba su rostro, un rostro humano con expresión de diosa. Y sus ojos...

Jonathan giró la cabeza.

—Llevan casi trescientos años sin salir de la Ciudad Oculta –prosiguió–. Eso es apenas un suspiro para ellos, pero saben perfectamente que, si no hacen algo, esta situación puede prolongarse indefinidamente.

"Todos sabemos lo larga que puede resultar una eternidad", había dicho el Contador de Estrellas.

—Algunos de ellos –prosiguió Jonathan, mirando a Zaltana– consideran que su misión es más importante que cualquier otra cosa, y protegen la Ciudad Oculta con uñas y dientes. Otros creen que los humanos somos víctimas inocentes de una guerra entre inmortales, y son partidarios de no dañar a las personas que entran en la Ciudad sin saber en realidad el secreto que esta guarda.

»Y uno de ellos, a quien llaman el Contador de Estrellas, cree que hay otro camino –miró a Bill–, pero es muy arriesgado: o todo o nada.

—¿Qué quieres decir? ¿Salvará ese reloj a Marjorie? ¿Sí o no?

Jonathan suspiró. Sería bastante más difícil de lo que había imaginado.

—Salvará su alma, sí, pero no su vida. Todos moriríamos. Todo nuestro mundo, todo nuestro universo.

Bill se lo quedó mirando, con una expresión de profunda incredulidad en el rostro.

—Es lo que quiere el marqués –añadió Jonathan–. Es inmortal, ¿entiendes? Pero quiere morir a cualquier precio, y no le importa si con ello destruye todo un cosmos. Eso no va a detenerlo. Además, él considera que la muerte es una bendición, por lo que no sentirá remordimientos de conciencia si provoca la destrucción de toda forma de vida.

—¿Que es inmortal y quiere morir? –repitió Hadley, pasmado–. ¿Quién puede estar tan loco como para querer morir pudiendo vivir para siempre?

—Imagina que llevas existiendo desde el principio del universo –explicó Jonathan con paciencia–. Imagina que tienes millones de años. A estas alturas, ¿no estarías un poco cansado de vivir?

Su padre frunció el ceño, y Jonathan comprendió que no tenía bastante imaginación como para visualizar aquello que le había contado.

—No importa –dijo, moviendo la cabeza–. Tan solo observa.

Jeremiah había tomado la palabra en aquel momento y pronunciaba las palabras rituales. Los otros cinco inmortales ya lo habían hecho.

—¿Qué está diciendo? –preguntó Hadley.

—Está renovando el voto –dijo Jonathan–, igual que han hecho todos los demás. Expresan su firme voluntad de proteger el reloj Deveraux. Eso fortalece la barrera y la Prohibición... y deja al marqués una única salida.

Jeremiah calló, y depositó el reloj Deveraux en el suelo, junto a él. El marqués se lo comía con la mirada.

Durante unos tensos instantes, nadie habló.

—Habéis renovado la Prohibición –dijo entonces el marqués–. Y tú, Jeremiah, has salido de tu escondrijo.

Jeremiah alzó la cabeza con orgullo. En sus ojos claros brillaban todas las estrellas del cosmos, pero también se percibía la sombra de una pesada carga.

"Jeremiah fue el único de todos nosotros que tuvo el valor de enfrentarse al marqués", le había explicado Emma a Jonathan. "Y ahora carga con la responsabilidad de haber vencido un Desafío".

Jonathan no había comprendido sus palabras, pero estaba dispuesto a averiguar su sentido.

—Dices la verdad, lord Clayton, ahora llamado "el marqués" –dijo Jeremiah suavemente–. Nos vimos por última vez hace casi trescientos años, en aquella subasta. Te desafié, y elegiste una manera rápida de solucionar el Desafío. Pero yo vencí, y debilité tu voluntad.

—Y después escapaste cobardemente –gruñó el marqués–, y te ocultaste detrás de tus compañeros y esa absurda Prohibición. ¡Sabes que tengo derecho a una segunda oportunidad!

Jeremiah inclinó la cabeza.

—Lo sé. Pero no podía correr el riesgo de enfrentarme de nuevo a ti. Es mucho lo que está en juego, ¿no lo comprendes?

—No, ¡tú no lo comprendes! Precisamente tú, que eres el más viejo de todos nosotros. Precisamente tú, que has explorado dimensiones que nos están vedadas. ¡Precisamente tú, que encontraste el Vórtice, lo único que puede liberarnos de las cadenas de la vida! ¡Jeremiah! –gritó, furioso–. ¡Todos estaban de mi parte! ¡Todos querían morir! ¿Cómo lograste convencerlos de que la destrucción de un universo era un precio demasiado alto por el descanso eterno? ¡Tú, Jeremiah, que sabes que existen otros universos! ¡Tú, traidor a tu propia raza, estás privando a los inmortales de su más anhelado sueño... para proteger a los mortales, criaturas que viven apenas nada, criaturas que morirían de todas formas!

La voz del marqués retumbaba como un trueno. Jonathan estudió, temeroso, las facciones de los inmortales, y le pareció descubrir que algunos de ellos vacilaban. "Es como dijo el Contador de Estrellas", pensó. "Todos desean morir, y tienen en sus manos el Vórtice que los conducirá al corazón del Tiempo. Pero, aun así, siguen protegiendo nuestro mundo y a los mortales. Por fortuna, ya han expresado su voluntad firme de no utilizar el Vórtice e impedir que el marqués se haga con él...".

Se fijó en Jeremiah. El marqués había dicho que era el más viejo de todos los inmortales, pero Jonathan sospechaba que no se refería a una cuestión de edad. Emma le había contado que Jeremiah había explorado los límites del mundo y del espacio-tiempo y había vislumbrado otros universos. Aquel conocimiento gravitaba sobre él como una pesada losa, y había hecho nacer en su interior un enorme sentimiento de responsabilidad, con el cual tendría que cargar por toda la eternidad. De todos los inmortales, él era el que más anhelaba morir, puesto que deseaba librarse de aquella carga y descansar por fin; pero había encontrado el Vórtice, y estaba condenado a ser su guardián perpetuo, dividido entre el impulso de entrar en el corazón del Tiempo y la horrible certeza de que todo el universo quedaría destruido si lo hacía.

Por eso Jeremiah era el más anciano de todos los inmortales, a pesar de su apariencia eternamente juvenil: porque tenía que cargar con la responsabilidad de saber que la existencia del universo era tan frágil como un antiguo reloj de oro.

El antiguo reloj de oro que estaba a su cargo.

—Yo sé que existen otros universos, marqués –dijo Jeremiah–. Y sé que cada uno de ellos es único y precioso, y tal vez nuestra existencia tenga por objeto asegurarnos de que así sea. Yo anhelo morir, igual que tú. ¡Pero jamás permitiría que todo el universo muriese conmigo!

No había duda ni vacilación en su voz cuando pronunció estas palabras, aunque sí una profunda tristeza en su mirada. Los demás inmortales, enardecidos por la fuerza de sus palabras, alzaron la cabeza y miraron al marqués, desafiantes.

—Muy bien –dijo este, entrecerrando los ojos y lanzándoles una peligrosa mirada–. Vosotros lo habéis querido –se volvió hacia Jeremiah–. Ya sé a qué has venido, Jeremiah, y ese gesto te honra. Porque imagino que no has traído el reloj Deveraux sencillamente para restregármelo por la cara, ¿verdad?

—No podía pasarme toda la eternidad evitándote –reconoció Jeremiah–. Esperaba ganar tiempo, encontrar la manera de inutilizar o destruir el Vórtice; pero el Vórtice es una parte del Tiempo, y el Tiempo no puede ser destruido ni inutilizado. Durante casi trescientos años me he refugiado con el reloj Deveraux en un rincón de la Ciudad Oculta que solo el Contador de Estrellas conocía. Pese a ello, mis compañeros confiaron ciegamente en mí y renovaron la Prohibición, una y otra vez.

—¿Por qué has salido de tu escondite, entonces?

—No voy a contestar a eso ahora, marqués –hizo una pausa–. Después de todo, aquí me tienes –dijo finalmente.

El marqués sonrió.

—Es cierto, Jeremiah, aquí estás. Y yo te desafío.

Algo parecido a un helado soplo de viento recorrió el patio del viejo caserón. Jonathan se estremeció.

"El derrotado tiene derecho a retar de nuevo al vencedor, una vez más", le había dicho Emma al explicarle las reglas del Desafío. "Si vuelve a perder, su voluntad queda anulada. Si gana, las voluntades de ambos quedan empatadas en fuerza".

Y, en ese caso, el marqués podría romper la Prohibición, a pesar de que esta acababa de ser renovada. Porque la voluntad expresada por los inmortales en voz alta no correspondía con el más hondo deseo de sus corazones.

El marqués no era el único que deseaba dejar de

ser inmortal, pero sí era el único en luchar por lo que realmente anhelaba.

Por eso, si su voluntad dejaba de estar supeditada a la de Jeremiah, el marqués podría hacerse con el reloj.

—Acepto el Desafío –dijo Jeremiah, rompiendo el silencio–, y escojo las formas.

Calló un momento. Todos los miraron, expectantes.

—Combate mental –decretó Jeremiah.

El marqués asintió y avanzó hacia Jeremiah. Los otros cinco inmortales se retiraron para dejarles espacio. Jeremiah y el marqués se situaron uno frente al otro. Jeremiah colocó las manos sobre los hombros del marqués. El marqués apoyó las suyas sobre los hombros de Jeremiah.

Y se miraron a los ojos.

—¿Qué están haciendo? –gruñó Bill.

—Un combate mental –dijo una voz junto a ellos.

Jonathan se volvió, y vio que Emma estaba junto a ellos. Se había acercado en silencio, y no dejaba de mirar a Jeremiah y el marqués. Jonathan vio que los otros inmortales observaban la escena entre las sombras.

—¿Qué quiere decir eso del combate mental?

—Significa que se miran a los ojos y pelean con la fuerza de sus mentes. El Desafío tiene muchas otras formas, más sencillas, pero esta es la más justa. Aquel que tenga la voluntad más fuerte resultará el vencedor.

—Pero... –vaciló Jonathan–. Pero, Emma, tú me dijiste que la voluntad del marqués es muy fuerte, porque es verdadera, mientras que todos vosotros expresáis una voluntad que no coincide con vuestros auténticos deseos.

—Sí –en el rostro infantil de Emma se dibujó una cálida sonrisa–. Eso lo sabemos todos, y también el marqués. Pero hay algo con lo que no cuenta.

—¿Qué es? –preguntó Jonathan, intrigado.

Sin embargo, ella no respondió.

Los dos combatientes no habían movido un solo músculo. Seguían allí, mirándose fijamente, sin parpadear. Sin embargo, algo invisible bullía a su alrededor, Jonathan lo percibía, e incluso su padre retrocedió unos pasos. Era como si un torbellino impalpable girase en torno a ellos. Conteniendo el aliento, Jonathan cerró los ojos y sintió una fuerza poderosa que emanaba de los dos inmortales. Casi pudo notar dos corrientes enfrentadas en aquella fuerza, las dos voluntades que luchaban, la una contra la otra.

Y sintió que aquella energía que producía el singular enfrentamiento se expandía y crecía hasta dejarlo sin aliento.

—¿Qué es... eso? –jadeó su padre–. ¿Qué es... eso que me envuelve... y que no puedo ver?

—Es poder, papá –murmuró Jonathan–. En estado puro.

Clavó la mirada en el rostro de Jeremiah –el marqués quedaba de espaldas a ellos– y se quedó sin respiración.

Bajo la máscara humana relucía la verdadera naturaleza del inmortal, una naturaleza nacida del mismo caos primigenio, una esencia que contenía los secretos del origen del cosmos. Una suave aura multicolor envolvía su cuerpo, y sus cabellos flotaban a su alrededor, como movidos por una brisa invisible. Sus ojos resplandecían e irradiaban tanta fuerza que Jonathan sintió que, si Jeremiah se hubiese vuelto hacia él en aquel momento, lo habría reducido a polvo con una sola mirada.

Pero el marqués aguantaba sin mover un solo músculo, y Jonathan sospechó que su rostro presentaba el mismo aspecto ultraterreno que mostraba el de Jeremiah. También su cuerpo irradiaba aquella misteriosa aura resplandeciente.

Jonathan apartó la mirada, intimidado, e, instintivamente, se separó un poco de Emma. Ella no pareció notarlo.

Los cuerpos de Jeremiah y el marqués seguían estando allí, ante el edificio del Museo de los Relojes, uno frente al otro.

Pero sus mentes habían creado su propio campo de batalla y se hallaban lejos, muy lejos de allí.

La voluntad del marqués tomó la forma de un enorme volcán que escupía fuego del mismo infierno. Ríos de lava incandescente descendían desde el cráter, estrellándose contra las rocas y lanzando mil chispas incendiarias a un aire cubierto de espesa ceniza gris. La voluntad del marqués bramaba con la voz de mil lenguas ígneas.

Jeremiah se vio de pronto ante el inmenso volcán, solo y pequeño. El suelo se resquebrajaba bajo sus pies mientras la voluntad del marqués extendía sus ríos de fuego por todo el espacio de la dimensión que habían creado para su combate mental.

Jeremiah no esperaba que la voluntad del marqués fuese tan grande y poderosa; pero recordó lo que ocurriría si perdía aquel combate, y contraatacó.

La voluntad de Jeremiah se transformó en un océano embravecido, cuyas enormes olas coronadas de espuma batían las rocas con fuerza y se elevaban hasta la misma cima del volcán. El rugiente maremoto arremetió contra la voluntad del marqués con todo el poder de su furia. El agua inundó los ríos de lava y se coló por todas las venas del volcán, apagando su llama. Pero la marea siguió creciendo hasta cubrir por completo las rocas más elevadas del cráter.

Entonces, la voluntad del marqués tomó la forma de un inmenso y ardiente sol que se acercaba cada vez más al océano de la voluntad de Jeremiah. Furiosas explosiones internas alimentaban su corazón, y una crepitante corona de llamas devoraba la atmósfera sobre el océano y evaporaba rápidamente el agua. La voluntad del marqués se expandió, y el sol se expandió con ella hasta cubrir todo el cielo. El océano desapareció.

Jeremiah no se inquietó por ello. El marqués no

había ahogado su voluntad, solo la había transformado. Su próximo movimiento consistió en desplazar su voluntad ante el inmenso sol. Pronto, la voluntad del marqués se vio cubierta por un espeso manto de nubes negras, cargadas de electricidad, nubes que bramaban y rugían al chocar entre ellas, nubes que oscurecieron el día por completo.

La voluntad del marqués se transformó entonces en un aullante huracán que arrasaba todo cuanto hallaba a su paso, y que arremetió contra las nubes tormentosas una y otra vez, persiguiéndolas incansablemente hasta que se dispersaron y deshicieron del todo. El vendaval bramó, triunfante, y su grito de victoria se oyó en toda aquella dimensión.

Pero de pronto se estrelló contra un obstáculo que había aparecido súbitamente en su camino.

La voluntad de Jeremiah se había convertido en una ciclópea cordillera cuyos picos más altos llegaban a las estrellas. El huracán aulló y trató de derribarla, pero las raíces de la cordillera estaban bien hundidas en el corazón de la Tierra, y solo logró chocar contra ella, una y otra vez. Insistió, esperando tal vez poder erosionarla, pero pronto se encontró reducido a una débil brisa.

Entonces, la voluntad del marqués tomó la forma de un brutal terremoto que sacudió las entrañas de la tierra y removió las raíces de la montaña. Jeremiah vio cómo su voluntad se resquebrajaba y partía, cómo aquel violento movimiento sísmico abría brechas en la sólida constitución de la cordillera, y decidió transformarla, antes de verla reducida a polvo.

La voluntad de Jeremiah se convirtió en un inmenso glaciar que recubrió toda la tierra. El terremoto provocó aludes inmensos que se precipitaban bramando y rugiendo para rellenar las grietas y sepultar las rocas. Cuanto más réplicas del seísmo sacudían aquella dimensión, más repartido quedaba el manto de nieve. Pronto, la voluntad de Jeremiah lo cubrió todo.

La voluntad del marqués volvió a tomar la forma del sol, pero Jeremiah no dejó de notar que el astro que había creado era menor que la vez anterior. Pese a ello, logró derretir la nieve, pero la voluntad de Jeremiah se transformó en una luna que eclipsó la voluntad del marqués...

Ninguno de los presentes podía ver qué sucedía entre Jeremiah y el marqués, aunque los inmortales podían llegar a intuirlo. Jonathan miraba a uno y a otro, preguntándose, muy nervioso, quién iba ganando, ya que no había manera de saberlo. Los dos combatientes seguían inmóviles, exactamente en la misma posición que cuando empezaron, y solo la mirada de sus ojos y el aura invisible que proyectaban a su alrededor sugerían la titánica lucha que se desarrollaba entre ellos.

De pronto, Jonathan oyó un sonido lejano que lo devolvió a la realidad. Miró a su padre. Por la expresión de su rostro adivinó que él también lo había oído.

—Las campanas del convento –dijo, temblando–. Son las seis menos cuarto.

—Marjorie –musitó Jonathan–. ¡Tenemos que hacer algo!

Pero no se le ocurría nada, y no quería confesarle a su padre que los inmortales habían dicho que nada podría salvar a Marjorie. Se volvió hacia Emma.

—Emma, ¿qué pasará con el marqués si gana Jeremiah?

—Su voluntad quedará tan debilitada que tardará varios milenios en poder volver a desafiar a alguien.

Jonathan meditó la respuesta.

—Pero su alma sigue siendo igual de grande, ¿no? Quiero decir, que su esencia seguirá siendo tan... –no encontró la palabra, y miró a Emma pidiendo ayuda; ella sonrió con cierta tristeza.

—Sí, así es. Solo el Tiempo tiene poder suficiente como para destruir a un inmortal, pero se autodestruiría también a sí mismo en el intento. Ya te lo he explicado...

—Tengo una idea –la interrumpió Jonathan–. ¡Papá, Emma, venid conmigo: tenéis que ayudarme!

Jonathan desapareció cojeando en el interior del caserón, y su padre lo siguió sin vacilar. Emma echó una mirada a Jeremiah y al marqués y entró también en la casa.

Cruzaban el Museo de los Relojes cuando de pronto se oyó algo como el ruido de un cristal al romperse, seguido de un pesado cuerpo que caía al suelo. Los tres cruzaron una mirada y corrieron a la cámara de los relojes extraordinarios.

Jonathan llegó el primero y se detuvo, perplejo y aterrado.

—¡Marjorie! –gritó su padre, pero Jonathan le señaló algo en el interior de la habitación, más allá del cuerpo inerte de Marjorie, que seguía exactamente donde lo había dejado.

Era Basilio, y yacía en el suelo, boca abajo, junto a un reloj de arena roto.

Jonathan corrió junto a él y le dio la vuelta para ver su rostro.

Estaba muerto.

—¿Qué... qué diablos ha pasado? –tartamudeó Bill.

Jonathan clavó la mirada en los restos del reloj.

—Es ese reloj de arena –dijo–. El que había sido parte de un pacto con el demonio, ¿recuerdas? Mientras la arena estuviese en movimiento, su propietario no moriría. Pero, ¿por qué...?

—¿Aún no lo entiendes? –dijo a su lado la voz de Emma, suave pero infinitamente triste–. Era el reloj de arena de este hombre.

—¿De Basilio? Pero si... ¡trabajaba para el marqués!

—¿Y por qué? –Emma movió la cabeza, apesadumbrada–. No es la primera vez que lo hace. Se apodera del reloj de la vida de alguien y lo obliga a servirle a cambio de seguir viviendo. Cada vez que la arena está a punto de agotarse, el marqués llama a su criado y le pregunta: "¿Le damos otra vuelta más?". Y sin duda este hombre había vivido ya un par de siglos; no se atrevía a desafiar al marqués, pero tampoco tenía valor para decir "No" cuando la arena iba a terminarse. Y esta noche, aprovechando que su señor está ocupado con otras cosas, Basilio ha decidido poner fin a décadas de miedo y esclavitud.

Jonathan se estremeció y volvió la cabeza para no ver los restos del reloj. Su mirada tropezó con el reloj de Qu Sui: la liebre estaba peligrosamente cerca del emperador.

—¡Marjorie! –exclamó–. Ayudadme.

—¿A qué? –dijo Bill.

—Tenemos que llevar el reloj al exterior. Y a Marjorie también.

—¿Pero, por qué... ? –empezó su padre, pero calló al ver la sonrisa de comprensión que iluminaba el rostro de Emma.

Fuera, la batalla seguía muy igualada, aunque la voluntad del marqués iba ganando terreno poco a poco a la de Jeremiah. A su alrededor, los otros cuatro inmortales los observaban, conteniendo el aliento.

El Contador de Estrellas fue el único que se percató de la ausencia de Emma y los dos mortales. Los vio regresar al cabo de un rato. Bill traía en brazos el cuerpo inconsciente de Marjorie, y, tras él, Jonathan y Emma traían el reloj de Qu Sui. Para no tocar el orbe que devoraba almas, habían rodeado el reloj con una cuerda y lo habían arrastrado con sumo cuidado hasta el exterior. El Contador de Estrellas sonrió, sospechando ya lo que se proponían hacer.

—Si Jeremiah no vence, mi plan no dará resultado –le estaba diciendo Jonathan a Emma–. Y me da la sensación de que el marqués está ganando.

Emma le oprimió el brazo para tranquilizarlo.

—Confía –dijo solamente.

Pero Jonathan percibía con claridad que la siniestra voluntad del marqués teñía con su color la fuerza que emanaba de los dos combatientes. Se fijó en el rostro de Jeremiah y sintió que su poder se había debilitado considerablemente.

—¡Emma! –musitó, angustiado; eran las seis menos diez, y una suave luz empezaba a pigmentar de rosa el horizonte.

La voluntad del marqués se había transformado en un vasto desierto de arenas ardientes y aire abrasador. La voluntad de Jeremiah ya no tenía fuerzas para adoptar la forma de océano, o de lluvia, y se arrastraba como hombre por la infinita voluntad del marqués. Jeremiah sabía que, si dejaba de andar y se derrumbaba, la voluntad del marqués lo enterraría para siempre en las doradas arenas, y él habría perdido.

La voluntad de Jeremiah seguía avanzando, paso a paso, sin detenerse. El aire parecía traer hasta sus oídos un eco distorsionado de la inquietante risa del marqués.

Pareció que Jeremiah vacilaba.

—¡No! -chilló Jonathan, sin poder evitarlo–. ¡No te rindas! ¡Tu voluntad es tan fuerte como la suya! ¡Tú deseas que el mundo siga existiendo! ¡Jeremiah, no te rindas! ¡No estás solo, Jeremiah!

La voluntad de Jeremiah se había dejado caer sobre el desierto, y la arena la cubría, poco a poco.

Jeremiah estaba haciéndose a la idea de que iba a perder. Eso significaría que el marqués se haría con el Vórtice y que cumpliría su más anhelado sueño.

La Muerte vendría a buscarlo.

"¿Y tú?", dijo una voz, que se parecía sospechosamente a la del marqués. "¿No deseas morir?".

Jeremiah suspiró. Estaba cansado, muy cansado. Su voluntad estaba agotada, y no tenía fuerzas para resistir a la del marqués. "¿... Morir?", seguía diciendo aquella voz. "¿Descansar por fin?".

Jeremiah cerró los ojos y dejó que la arena siguiese enterrándolo.

Entonces el viento le llevó una voz lejana.

"Jeremiah..."

Tratò de escuchar, pero no le quedaban fuerzas.

"No... te... rindas...."

Sonrió débilmente. Era el joven mortal. Le había fallado, a él y a todos los demás mortales. Pero ahora podría morir por fin y, al fin y al cabo, como había dicho el marqués, los mortales mueren de todas formas, tarde o temprano.

"No... estás... solo...".

Jeremiah sintió de pronto que algo le hacía cosquillas en la mano. Algo vivo.

Con las pocas fuerzas que le restaban, se incorporó un poco –sintió que el desierto rugía, amenazador– y miró.

Vio algo pequeño, tierno y verde. Un brote. Una planta estaba naciendo en medio del desierto.

Jeremiah contempló el milagro. Deseó con todas sus fuerzas que aquella planta fuera creciendo. La vio resistir y alzarse hacia el sol, desafiante.

Entonces Jeremiah filtró su voluntad bajo las arenas del desierto, y las halló llenas de semillas durmientes, de embriones de vida que deseaban salir a la superficie y, sencillamente, vivir.

Jeremiah hizo que su voluntad estimulase aquellas semillas. Las hizo crecer en medio del desierto. Las vio rasgar las arenas y cubrirlas de un manto verde. Jeremiah cuidó de ellas, transformó su voluntad en lluvia, en sol, en todo lo que aquellas vidas necesitaban para seguir existiendo. La voluntad del marqués aullaba, furiosa, convertida sucesivamente en tormenta de arena, incendio devastador y glaciación, pero las plantas siguieron creciendo, porque cada una de ellas deseaba seguir creciendo, y pronto la voluntad de Jeremiah se transformó en un enorme bosque que ahogó la voluntad destructora del marqués...

Jonathan vio, sin poder creerlo, que los ojos de Jeremiah despedían un nuevo haz luminoso, como renovados por una extraña fuerza. La voluntad del marqués retrocedió.

Emma asintió, satisfecha.

Todo fue muy rápido. Jeremiah pareció crecerse ante el marqués, y su poder se hizo todavía más palpable. De pronto, hubo un destello cegador, y Jonathan cerró los ojos.

Cuando pudo volver a mirar, vio que el marqués había caído de rodillas en el suelo, ante Jeremiah, que se alzaba frente a él, sereno y tranquilo.

—Lo ha hecho –musitó Jonathan–. No puedo creerlo, ¡lo ha hecho!

Se sintió de pronto tan débil como el marqués. En aquellos últimos momentos había vivido con el convencimiento de que todo el universo podía estallar en mil pedazos si Jeremiah perdía aquella batalla, y ahora sentía tal alivio que tenía la sensación de que todas sus fuerzas lo habían abandonado de repente. Emma lo hizo volver a la realidad.

—¡Jonathan, deprisa!

Jonathan tiró del orbe hasta colocarlo junto al marqués. Emma avanzó a su lado.

—Marqués –dijo con voz clara; tanto Jeremiah

como el marqués alzaron la cabeza para mirarla–. Estás marcado por una doble derrota. Tu voluntad no puede resistir la mía. Y deseo que toques el orbe del reloj de Qu Sui.

El marqués la miró con incredulidad. Iba a decir algo, pero los ojos de Emma parecían contener todo el poder del universo, y el marqués vaciló.

Alzó la mano hacia el orbe, pero la detuvo en el aire y se volvió hacia Jeremiah.

—Antes –musitó–, explícame cómo lo has hecho. Yo deseaba la mortalidad, con todas mis fuerzas. Y, en el fondo, sé que tú también.

Jeremiah sonrió.

—Pero tú luchabas solo –dijo–, mientras que a mí me apoyaba la voluntad de miles de millones de seres en todo el universo, que deseaban desesperadamente seguir viviendo. La voz del joven Jonathan Hadley me recordó este hecho, y abrí mi alma a todas esas voluntades que, sin saberlo, luchaban a mi lado.

El marqués palideció. Desvió la mirada, pero sus ojos volvieron a encontrarse con los de Emma.

—Ahora –dijo ella.

Jonathan miró con nerviosismo la liebre de oro que avanzaba lentamente hacia el centro del reloj.

—Estoy débil –dijo el marqués–. Pero, cuando me recupere, saldré de aquí. Y el Vórtice será mío.

Emma no dijo nada, pero tampoco apartó la mirada. Y Jonathan no podía dejar de mirar el reloj.

La liebre se detuvo ante el emperador del reloj de Qu Sui. El marqués aproximó sus dedos al orbe.

—Mi voluntad es más fuerte que la tuya –dijo Emma–. Que tu alma quede prisionera en el orbe que tú creaste.

La mano del marqués rozó el cristal.

Las campanas del convento dieron las seis.

Y la liebre se inclinó ante el emperador del reloj de Qu Sui.

Epílogo

JONATHAN se asomó a la ventanilla del avión, moviéndose con cuidado con su pierna escayolada. Solo se veía un manto de nubes, pero él sabía que, en algún lugar, allá abajo, la Ciudad Antigua dormía junto al lecho del río.

Suspiró y volvió la cabeza para mirar a su padre, que roncaba sonoramente, y a Marjorie, que leía una revista. Todavía estaba algo pálida, pero se había recuperado bien y, por fortuna, no recordaba nada de lo que había sucedido. Y en cuanto a Bill... Jonathan sonrió. Su padre se acordaba perfectamente de cada detalle de su extraña aventura, pero se empeñaba en actuar como si no sucediese nada, como si todo hubiese sido producto de su imaginación o de un extraño sueño que no valía la pena recordar.

Jonathan suspiró. Sabía que había sido real, muy real, aunque la Soñadora hubiese estado en lo cierto y solo estuviese viviendo en el seno de un gran sueño.

Con una sonrisa de nostalgia, recordó a Emma.

—¿Cómo supiste que el reloj expulsaría el alma de Marjorie si devoraba la del marqués? –le había preguntado ella.

—Fue por toda aquella energía que desprendían Jeremiah y el marqués –explicó Jonathan–. Recordé que para el reloj de Qu Sui las almas no eran más que una fuente de energía que le permitía seguir funcionando. Y luego, aquello que dijo el Contador de Estrellas...

—¿El qué?

—Que el Tiempo no puede contener aquello que no tiene edad. Pensé que el alma del marqués no *cabría* en el interior del orbe, era demasiado grande. De modo que el reloj se vio obligado a expulsar todo lo que había dentro, los restos de otras almas... para hacerle sitio al marqués.

Pese a que ahora estaba tranquilamente sentado en un avión, rumbo a casa, Jonathan no pudo evitar un estremecimiento. No había estado seguro en ningún momento de que las cosas salieran tal y como él las había planeado. El orbe podía haber estallado en mil pedazos, o no haber aceptado el alma del marqués o, sencillamente, haber devorado el alma de Marjorie, sin más. Pero Jonathan había seguido su instinto, y este no le había fallado. "Además, no tenía nada que perder", se dijo, recordando lo cerca que había estado de llegar tarde para rescatar a Marjorie.

Cerró los ojos, agotado. Todavía no podía creerse que todo hubiese terminado.

—¿Está derrotado de verdad? –había preguntado a Jeremiah, mirando con aprensión el orbe donde se adivinaban las facciones del marqués.

—No, solo demasiado débil como para escapar de ahí –había respondido el inmortal–. Su voluntad tardará un par de milenios en fortalecerse lo suficiente como para permitirle salir del orbe. Pero espero que, entre tanto, hayamos encontrado una solución para el Vórtice.

El Vórtice.

Jonathan aún no había encontrado palabras para describir lo que había visto cuando el Contador de Estrellas había abierto el reloj Deveraux, porque lo que escondía en su interior era diferente a todo cuanto el chico conocía.

Era como una esfera brillante que rotaba sobre sí misma suspendida en el aire y que cegaba a cualquiera que lo mirase demasiado tiempo. Parecía concentrar la luz de todas las estrellas del universo, y en su interior se apreciaban formas y colores fantásticos, imposibles, que giraban y giraban tan deprisa que...

—Aparta –le había dicho Emma, separándolo suavemente del reloj–. No querrás envejecer antes de tiempo, ¿verdad?

Jonathan había observado los rostros de los inmortales al contemplar el Vórtice, pero confiaba en Jeremiah, y en Emma, y en el Contador de Estrellas, y sabía que ellos se ocuparían de que todos los inmortales continuasen viviendo, para que el universo existiese con ellos.

Había aprovechado aquel momento para separar a Emma del grupo y hablar con ella a solas.

Le había dicho que quería ser inmortal y quedarse junto a ella.

—Jonathan –dijo Emma, moviendo la cabeza–. ¿No has aprendido nada? Los mortales no pueden obtener la inmortalidad. El orden cósmico...

—No estoy hablando de *esa* inmortalidad, sino de lo que ofrecen los demonios –cortó Jonathan impaciente–. Podría vivir varios milenios contigo. Podría...

Pero ella le había hecho callar, colocando un dedo sobre sus labios.

—No, Jonathan –dijo–. No sabes lo que dices. Aunque tenga aspecto humano, no soy como tú. Debes volver con los tuyos y...

—Nunca conoceré a nadie como tú –cortó Jonathan, adivinando lo que iba a decir.

—No –sonrió Emma–, pero sí amarás a alguien como tú.

Jonathan la miró, sorprendido.

—¿Lo sabes? Quiero decir... ¿puedes ver lo que va a pasar?

—No, no soy una adivina, como la Echadora de Cartas. Pero sé que conocerás a alguien y tendrás hijos...

—¿Por qué sabes eso?

—Porque te lo estoy pidiendo, Jonathan. Tendrás hijos, y a lo largo de los años yo protegeré a tus hijos, y a los hijos de tus hijos, y a los hijos de los hijos de tus hijos... y así sabré que no has muerto, que no has desaparecido del mundo mientras yo sigo viva, por toda la eternidad.

Algo en sus palabras sobrecogió profundamente a Jonathan. Intuyó en ellas un sentimiento tan intenso, tan profundo y tan puro que supo que ni aun haciendo un pacto con el Diablo podría llegar a corresponderla de la misma forma, por muchos milenios que pasasen. Tragando saliva, dijo:

—Tendré hijos. Y plantaré un árbol, y escribiré un libro. Muchos árboles y muchos libros –añadió–. Dicen que esta es la única manera de alcanzar la inmortalidad, a través de tus obras.

Emma sonrió.

Entonces se acercó a él y le besó, y Jonathan sintió que el suelo desaparecía bajo sus pies y que él se precipitaba por un torbellino que lo lanzaba directamente al mismo corazón del cosmos, pero no tuvo miedo, porque había algo en aquel lugar que le resultaba poderosamente familiar; todas las estrellas giraban a su alrededor (y eran más de las 87.432.004.556.342 que había contabilizado el Contador de Estrellas) y los más hermosos prodigios de todas las galaxias se mostraban ante sus ojos. Entonces descubrió que el espacio no era frío y oscuro, como creía, sino que se trataba de un crisol multicolor donde tomaban cuerpo las más extraordinarias maravillas y los más atrevidos sueños.

Y comprendió que estaba contemplando el nacimiento del universo a través de la memoria de

Emma, y también supo dónde había visto antes algo parecido.

El Vórtice.

Cuando se separó de Emma y volvió a la realidad, ella tuvo que sostenerlo, pues se sentía completamente mareado. Aun así, se las arregló para sonreír.

Y después, los inmortales se habían marchado. De alguna manera, que Jonathan no fue capaz de comprender, desaparecieron entre la bruma matinal, uno tras otro, como si no fuese necesario para ellos poseer un reloj-puerta para cruzar los límites invisibles de la Ciudad Oculta.

Emma lo había mirado, por última vez, antes de desaparecer ella también.

Jonathan sintió de pronto que le faltaba el aire. Quiso correr tras ella, pero el Contador de Estrellas lo detuvo.

—Sabes que no –dijo solamente.

Lo miró con afecto.

—Joven Jonathan –dijo–, has hecho por nosotros mucho más de lo que puedes imaginar. Los inmortales nunca lo olvidaremos, y después de miles, millones de años, después de que este planeta sea reducido a polvo, después de que hayamos contemplado la evolución y muerte de cientos de mundos nuevos, muchos eones después de hoy, cuando nadie se acuerde de los seres humanos... nosotros todavía pronunciaremos tu nombre, Jonathan Hadley.

El Contador de Estrellas abrazó al sorprendido Jonathan, y después se alejó de él, sonriendo.

—Pero... ¿por qué? –preguntó Jonathan, muy confuso.

—¿No lo sabes? –dijo Jeremiah, sonriendo también mientras veía cómo el Contador de Estrellas cubría de nuevo el reloj Deveraux–. Ahora que ya no debemos mantener activa la Prohibición, los que así lo deseen podrán abandonar por fin la Ciudad Antigua, y todo gracias a ti. Aunque sospecho que ni Emma ni el Contador de Estrellas se marcharán de aquí.

—Pero... pero si yo no he hecho nada...

—¿Eso crees? ¿No sabes qué fue lo que me decidió a "salir de mi escondrijo", como decía el marqués, para enfrentarme a él? Recibí un mensaje del Contador de Estrellas –miró a Jonathan significativamente–. Me dijo que Emma se había enamorado de un ser humano.

Jonathan abrió la boca, estupefacto.

—Entonces pensé –prosiguió Jeremiah–, que si un mortal tenía la fuerza de espíritu necesaria para cautivar a una de nosotros... bueno, debía de ser una señal. Y luego, ante todo el Consejo, tomaste la decisión de seguir luchando incluso cuando todo parecía perdido. Podría decirse, Jonathan, que me diste una buena lección.

—Yo... no lo entiendo.

—Siempre hemos pensado que los mortales erais inferiores a nosotros. Vuestras vidas son apenas un suspiro para nosotros, tan breves como puede serlo para vosotros la existencia de una pequeña mariposa.

Pero una mariposa puede contener en sí misma la expresión de toda la belleza del mundo.

»Los mortales conocéis la vida incluso mejor que aquellos que viviremos para siempre. Porque sabéis que moriréis tarde o temprano, y por eso sentís la vida como algo único e irrepetible. Por eso, Emma intuía que vuestra alma puede llegar a ser igual de grande que la nuestra, y vuestra fuerza de voluntad superar a la de un inmortal. Tu voluntad de seguir adelante derrotó al deseo de Emma de enviarte de vuelta. Por eso el Contador de Estrellas acudió a tu encuentro.

—Y por eso convocó al Consejo –adivinó Jonathan–. ¿Esperaba que tú acudirías?

Jeremiah asintió.

—Por primera vez en casi trescientos años. Pero quería conocerte. Y tu fuerza de voluntad también me impresionó, Jonathan Hadley. ¿Comprendes ahora?

—Y él sabía que pasaría –murmuró Jonathan–. El Contador de Estrellas es un hombre muy inteligente.

—Yo no lo llamaría exactamente "hombre" –sonrió Jeremiah, repitiendo las palabras del duende de la tienda–, pero sí, es muy inteligente.

Sonrió, y entonces fue cuando Jonathan recordó dónde lo había visto antes. Aquella mirada abrumada por el peso de la responsabilidad, aquella expresión llena de sabiduría pero acuciada por las dudas, incluso el detalle del farol... que se había transformado en el orbe del reloj de Qu Sui, brillando mágicamente entre las primeras luces de la mañana...

Jeremiah... el Ermitaño.

—Hasta siempre, joven Jonathan –se despidió el inmortal–. Como dijo el Contador de Estrellas, pasarán eones antes de que alguno de nosotros olvide tu nombre.

Y Jeremiah, tirando de la cuerda que rodeaba el orbe del reloj de Qu Sui, desapareció también entre la bruma.

Y Jonathan se quedó solo, muy solo. Y recordó, horrorizado, que había entregado los dos relojes-puerta al Contador de Estrellas, para poder regresar a la Ciudad Antigua cuando Jeremiah decidió enfrentarse al marqués.

Nunca más volvería a ver a los inmortales.

Ahora, de regreso a casa, sentía una extraña garra oprimiéndole el corazón. Pensó que, cien años después, él estaría muerto, pero para Emma una centuria no era más que el tiempo que dura un parpadeo.

En aquel momento, el padre de Jonathan despertó de su sueño con un sonoro estornudo.

—¡Caray! –dijo–. Me he resfriado. Jonathan, ¿no tendrás un pañuelo?

Mecánicamente, Jonathan rebuscó en sus bolsillos. Sacó un pañuelo del bolsillo derecho, pero su mano izquierda topó con un objeto que había en el otro bolsillo. Lo sacó, extrañado, y lo acercó a la ventanilla para ver mejor.

Sintió una cálida emoción por dentro al ver la ruedecilla fuera de sitio, deteniendo un mecanismo que podía ponerse en marcha de nuevo con solo oprimir el botón. Parpadeó para que las lágrimas no le empañaran las gafas, recordando el súbito abrazo del Contador de Estrellas.

"Gracias, viejo amigo", pensó, y sonrió al sentir el tacto del objeto entre sus dedos.

Era un reloj-puerta.

TE CUENTO QUE LAURA GALLEGO GARCÍA...

... empezó a escribir su primer libro con once años y a los trece comprendió que quería ser escritora. Durante años escribió un libro cada verano y siempre los mandaba a concursos, que no ganaba... Hasta que logró el Premio El Barco de Vapor con Finis Mundi. *Corría el año 1998 y Laura tenía veintiún años. Está claro que, aparte de escribir bien y tener mucha imaginación, Laura Gallego es perseverante, disciplinada y trabajadora. Y también muy metódica, así que, para escribir, tiene que estar en su cuarto, rodeada de las cosas que quiere, y a ser posible de noche, para que nadie ni nada la moleste.*

En los ratos libres que le deja su vocación, Laura saca adelante su tesis sobre los libros de caballería y lee todas las novelas de género fantástico que caen en sus manos. Siempre ha sido muy lectora. Ya de pequeña le apasionaban los libros de Michael Ende y Joan Manuel Gisbert.

Sin embargo, como los libros alimentan el espíritu, pero no el estómago, de vez en cuando se da un gusto y se come un buen plato de pasta italiana.

Laura Gallego García nació en Quart de Poblet (Valencia) en 1977. Tras estudiar Filología Hispánica, actualmente compagina la realización de su tesis doctoral con la creación literaria. En 1998 la autora ganó el Premio El Barco de Vapor por *Finis Mundi*, y en 2002 volvió a ganarlo con *La leyenda del Rey Errante*. Varias de sus obras han sido traducidas ya al alemán, el inglés y el italiano.

¿QUIERES LEER MÁS?

SI LO QUE TE LLAMA LA ATENCIÓN DE **EL COLECCIONISTA DE RELOJES EXTRAORDINARIOS** ES QUE TE HACE PENSAR EN EL SIGNIFICADO DEL TIEMPO

Y DE LA MUERTE, NO DEJES DE LEER **EL PONCHE DE LOS DESEOS**, una novela de Michael Ende en la que dos brujos, Belcebú Sarcasmo y Tirania Vampir, mantienen una lucha contra reloj para acabar con el mundo antes de la noche de Fin de Año.

EL PONCHE DE LOS DESEOS
Michael Ende
EL BARCO DE VAPOR SERIE ROJA, N.º 80

Y TAMBIÉN LOS SEIS TÍTULOS DE LA SERIE PROTAGONIZADA POR **LOS GUARDIANES DEL TIEMPO**, una pandilla integrada por cuatro chicos y dos chicas que tienen la facultad de transmitir a los humanos de hoy los hechos más importantes del pasado, para evitar que se pierdan.

LOS GUARDIANES DEL TIEMPO
Pierdomenico Baccalario
EL BARCO DE VAPOR SERIE ROJA